打开中国古典文化宝库
采集民家民俗之精髓
阅读楹联中有趣的故事，
体验中华文化的博大精深

楹联大全

谭晓明 编著

民主与建设出版社
·北京·

ⓒ民主与建设出版社，2022

图书在版编目(CIP)数据

楹联大全/谭晓明编著. 一北京：民主与建设出版社，2013.7（2022.1 重印）

ISBN 978-7-5139-0285-4

Ⅰ.①楹… Ⅱ.①谭… Ⅲ.①对联—作品集—中国 Ⅳ.①I269

中国版本图书馆 CIP 数据核字(2013)第 156438 号

楹联大全
YINGLIAN DAQUAN

编　　著	谭晓明
责任编辑	刘树民
封面设计	末末美书
出版发行	民主与建设出版社有限责任公司
电　　话	（010）59417747　59419778
社　　址	北京市海淀区西三环中路 10 号望海楼 E 座 7 层
邮　　编	100142
印　　刷	三河市刚利印务有限公司
成品尺寸	165mm×230mm
印　　张	13
字　　数	120 千字
版　　次	2013 年 12 月第 1 版
印　　次	2022 年 1 月第 2 次印刷
书　　号	ISBN 978-7-5139-0285-4
定　　价	42.00 元

注：如有印、装质量问题，请与出版社联系。

前 言

楹联，又叫对联，或者楹帖、对子，它的种类有很多，包括名胜联、春联、喜庆联、哀挽联、乔迁联、行业联等。众所周知，对联称副，由上下两联组成，寥寥数字，却有着独特的形式与规范，表达着独特的意义与意境。

作为中国特有的民俗文化，对联的特点很鲜明——它尤其注重对仗的工稳，讲究平仄协调，韵律合拍。它虽然源起于唐代律诗之中，但它的形成过程，却相当长远，可谓历史底蕴浓厚。要知道，无论是《诗经》、《楚辞》、诸子百家著作中的对偶句，还是汉赋、唐诗、宋词等古典文学作品中的格律诗词，都是楹联的雏形。尤其是唐朝时期，经济相对发达，文化亦随之繁荣发展起来，这为楹联的产生打下了雄厚的文化基础，直接促使楹联脱颖而出，成为一种独立、新颖的文学体裁，并在漫长的时间推移中，逐步演化、发展，逐渐完善了自身规范，扩大了应用范围。

可以说，楹联的形成与发展，是与时俱进的，是适应社会需要而逐步完善的。要知道，最早期"寄生"于各古籍中的联语(对偶句)并不完全符合楹联的规范，细究起来，它们不过等字数、等内容而已，但在对仗、用字、押韵方面，都还处于"低级阶段"。而从唐朝开始，社会上盛行律诗，其对语句工整的严格要求，进一步促进了楹联形式的完善。得益于撰写方便、运用面广的特点，楹联文化自唐以后迅速发展，尤其到了清代，对于楹联的应用，更是前所未有的普遍，上至宫廷、下至乡野，无不对楹联钟爱有加，很多文人甚至将时局政见、流派纷争都借助对联形式予以表达。譬如，清末维新派代表人物梁启超，在去武汉拜会晚清重臣张之洞时，二人就是以楹联形式进行"切磋"的。当时，张之洞出上联曰："四水江第一，四时夏第一，先生居江夏，谁是第一？谁是第二？"梁启超随即答道："三教儒在前，三才人在后，小子本儒人，何敢在前？何敢在后？"事实上，这种经典故事俯拾皆是，本书在后文中还会有所提及。由此可见，在晚清，楹联的应用已经遍及社会的每一个阶层，蔚为大观。

而在当代，我们虽不像古人那般"咬文嚼字"，但楹联仍然是文化的重要组成部分。如今，除逢年过节我们以楹联来表达喜庆之情之外，它还被广泛应用于历史、政治、经济、文学、哲学、逻辑、人文、书法、造型、建筑等诸学科，成为一门综合科学，甚至，它对于我们的人际交往也能起到一定的作用。本书从楹联的起源讲起，内容涉及楹联的创作方法及相关知识、经典楹联赏析、实用楹联借鉴、趣味楹联故事，可以说通俗易懂，雅俗共赏。我们真的希望，大家在翻开这本书之后都能够有所受益。

目 录

楹联学问,博大精深

何为楹联?/2
楹联的发展演化/4
楹联的地位与作用/6
楹联的分类/13
楹联的特征/16
楹联的艺术格调/18
楹联谋篇及创作/20

楹联的特点/25
楹联创作的禁忌/31
楹联的词类与词性/34
楹联的音律与平仄/42
楹联的用典与出新/47
巧对联/53

联林奇珍,悦目赏心

应答联/56
应征联/57
戏谑联/59
谜语联/59
警世联/60
题赠联/61
治学联/62
书斋联/63
自勉联/64
装饰类联/65
风景联/65
名胜联/66
官署联/67

宅第联/68
仿改联/69
嵌名对/70
析字对/74
易字对/76
易词对/77
歧义对/78
同旁对/79
复字对/80
重字对/81
连珠对/82
转类对/82
绕口对/84

拟声对/84
顶针对/85
同音对/86
回文对/87
列品对/88
分总对/89
同出对/90
组串对/90
连环对/91
落帘对/92
卷帘对/93
脱靴对/93
集引对/94
飞白对/94
无情对/95
两兼对/96
假称对/97
借代对/98
换位对/99
互文对/100

越递对/101
绘态对/102
婉曲对/103
隐如对/104
反语对/104
双关对/106
设问对/107
反问对/108
对称对/110
同划对/111
缺如对/111
比喻对/112
夸张对/114
衬托对/114
排　比/115
物色对/116
数量对/117
方位对/118
虚词对/118
联绵对/119

春节喜庆，妙联助兴

总　起/122
新春好运快乐篇/123
财源广进创业篇/124
国泰民安行政篇/125
十二生肖报春篇/125
行业楹联，进喜迎财/138
【经典行业楹联赏析】/138
酒馆联/138

药店联/140
理发店联/141
戏台联/142
会馆联/144
【现代行业楹联借鉴】/145
饮食行业/146
医疗行业/146
交通部门/147

电力行业/147
建筑公司/147
信息行业/148
银行、保险业/148
旅店业/148
理发店/149
浴 池/149
烟酒专营/149
茶 馆/150
水果店/150
服装店/151
鞋 店/151
帽 店/151

化妆品店/152
眼镜店/152
钟表店/152
金银首饰店/153
涂料店/153
灯具店/153
文具店/154
书 店/154
报 社/155
画 店/155
印 刷/155
剧 社/156

生殁迁娶，宣情绝笔

生日吉联/158
白事挽联/162

嫁娶吉联/168
乔迁吉联/170

联趣故事，何止谈资

王羲之三贴春联/174
张兰张芳答武后/174
李白巧对胡乡绅/175
老僧巧对宋之问/176
苏东坡愧添门联/176
苏东坡巧对两则/177
苏东坡对联逗长老/178
许将童年妙对/179
明太祖题联/180
解缙巧对朱元璋/181
小于谦答对显文才/182

杨溥巧对免父役/184
张居正年小志大/184
杨继盛巧对趣话/185
蒋焘切瓜分客/186
祝枝山巧对三秀才/187
祝枝山除夕写无字联/188
李时珍自幼善对/189
徐文长巧对知府/190
书临汉帖翰林书/191
无中生有出妙联/192
状元妻子对乾隆/192

李调元幼年趣对/193
李调元巧对三则/194
半月依旧照乾坤/196
三元有甲，龟圆鳖瘪蟹短头/197
郑板桥巧对得田黄石/197
山登绝顶我为峰/198
肖光际戏弄蔡糊涂/199

楹联学问，博大精深

在中国家庭，都有节日挂楹联的习惯。然而，我们之中却鲜有人对楹联文化做过深入了解。那么，楹联究竟是怎么一回事？它的分类、它的特征是怎样的？它的创作方法及原则又是什么？有心的朋友，就请与我们一起走近楹联，去了解、去学习这门博爱精神的学问。

楹联大全

何为楹联?

一、说说楹联

楹联是写在纸、布上或刻在竹子、木头、柱子上的对偶语句,又称对偶、门对、春贴、春联、对子、桃符等,是一种对偶文学,起源于2000多年前的战国时代,由"桃梗"演变而来。《淮南子》中有记载:桃符(即桃梗)是桃木刻成的。上面刻着祈福免灾的吉祥语,一年一换。据说,那是因为五代后蜀那个荒唐皇帝在过春节时突然心血来潮,命人取来桃木削成片,他亲自提笔在桃木上题写联句——新年纳余庆,佳节号长春。这就成了中国最早的春联了。至于春联这一名称的正式诞生,则要延迟到明朝了。

明太祖朱元璋一统华夏以后,曾在春节时颁下谕旨——"公卿士庶之家,须写春联一副,以缀新年"。从此以后,"春联"便在华夏大地推广开来,沿袭至今。

楹联的特点是:言简意深,对仗工整,平仄协调,字数相同,是中文语言的独特的艺术形式。楹联是利用汉字特征撰写的一种民族文体,一般不需要押韵(律诗中的对联才需要押韵)。对联大致可分诗对联,以及散文对联。对联格式严格,分大小词类相对。传统对联的形式相通、内容相连、声调协调、对仗严谨,但随着唐朝诗歌兴起,散文对联被排斥在外。散文对联一般不拘平仄,不避重字,不过分强调词性相当,又不失对仗。

二、楹联的历史探源

楹联者,对仗之文学也。这种语言文字的平行对称,与哲学中所谓"太极生两仪"在思维本质上极为相通(即把世界万事万物分为相互对称的阴阳两半)。因此,我们可以说,中国楹联的哲学渊源及深层民族文化心理,就是阴阳二元观念。阴阳二元论,是古代中国人世界观的基础。以阴阳二元观念去把握事物,是古代中国人思维方法。这种阴阳二元的思想观念渊源甚远,可以追溯到《易经》。《易经》中的卦象符号,即由阴阳两爻组成,《易传》谓:"一阴一阳之谓道。"老子也说:"万物负阴而抱阳,冲气以为和。"(《老子》第42章。)荀子则认为:"天地合而万物生,阴阳合而变化起。"(《荀子·礼论》)《黄老帛书》则称:"天地之道,有左有右,有阴有阳。"这种阴阳观念,不仅是一种抽象概念,而且广泛地浸润到古代中国人对自然界和人类社会万事万物的认识和解释中。

《周易·序卦传》中有这样一段"有天地然后有万物,有万物然后有男女,有男女然后有夫妇,有夫妇然后有父子,有父子然后有君臣,有君臣然后有上下,有上下然后有礼仪有所措。"《易传》中,分别以各种具体事物象征阴阳二爻。阴代表坤、地、女、妇、子、臣、腹、下、北、风、水、泽、花、黑白、柔顺等;与此相对应,阳则代表乾、天、男、夫、父、君、首、上、南、雷、火、山、果、赤黄、刚健等。这种无所不在的阴阳观念,深入到了汉民族的潜意识之中,从而成为一种民族的集体无意识。而阴阳观念表现在民族心理上,重要的特征之一,就是对以"两"、"对"的形式特征出现的事物的执着和迷恋。

三、楹联的语言寻根

一副标准的楹联,它最本质的特征是"对仗"。当它用口头表达时,是语言对仗;当它写出来时,是文字对仗。语言对仗的含义是什么呢?通常我们提到要求字数相等、词性相对、平仄相拗、句法相同这四项,四项中最关键的是字数相等和平仄相拗,这里的字数相等,不同于英语的"单词数"相等,其实质上是"音节"相等。即一个音节对应一个音节。在英语中,单词"car"与"jeep"在数量上是相等的,但音节不相等。而汉语"卡车"与"吉普",数量相等又音节相等。汉语之所以能实现"音节"相等,是因为汉语是以单音节为基本单位的语言。音节、语素、文字三位一体。汉语每个音节独立性强,都有确定的长度和音调,音调古有平、上、去、入四声,今有阳平、阴平、上声、去声四声,皆分平仄两大类。平对仄即谓相拗。这样,汉语的语素与语素之间(即字与字之间)就能建立起字数相等、平仄相谐的对仗关系。而英语中,即使事物的名称、概念能够相对,单词的数量和词性能够相对,两个句子的句式能够相对,但其音节长短不一,独立性弱,可自由拼读,又无声调,故无法相对。楹联大多数是写成文字,并且很多时候还要书写、悬挂或镌刻在其他建筑物或器物上。因此,楹联对仗的第二层即是所谓文字相对。文字相对意味着楹联不仅是语言艺术,又是装饰艺术。作为装饰艺术的一副楹联,要求整齐对称,给人一种和谐对称之美。汉字又恰好具备实现整齐对称的条件,它是以个体方块形式而存在的,方方正正,整整齐齐,在书写中各自

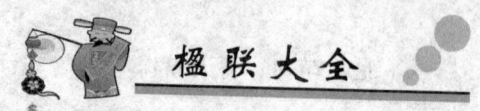

占有相等的空间位置。它具有可读性，又具可视性。其方块构形，既有美学的原则，又包含着力学的要求。它无论是横写与竖排，都能显得疏密有致，整齐美观。而英文呢，它是拼音文字，每个单词长短不一，只表音，不表义，更无可视性，只能横排，不能竖排，无法从形体上实现真正的对称。下面试举两个意思相同的中英文对偶句进行比较，以进一步说明为何只有汉语才有真正的对仗，而英文和其他拼音文字则不能。举个例子解释一下：

中文：莲子心中苦，梨儿腹内酸

英文：Lotus seed heart bitter. Pear intra-abdominal acid.

这显然是大有区别的。

楹联的发展演化

从文学史的角度看，楹联，系从古代诗文辞赋中的对偶句逐渐演化、发展而来。这个发展过程大约经历了三个阶段。

1.对偶阶段

时间跨度为先秦、两汉、三国、两晋至南北朝。在中国古诗文中，很早就出现了一些比较整齐的对偶句。流传至今的几篇上古歌谣已见其滥觞。如"凿井而饮，耕田而食"、"日出而作，日入而息"之类。至先秦两汉，对偶句更是屡见不鲜。《易经》卦爻辞中已有一些对偶工整的文句，如："眇能视，跛能履。"（《履》卦"六三"）、"初登于天，后入于地。"（《明夷》卦"上六"）《易传》中对偶工整的句子更常见，如："仰以观于天文，俯以察于地理。"（《系辞下传》）、"同声相应，同气相求，水流湿，火就燥，云从龙，风从虎……则各从其类也。"（乾·文言传）

成书于春秋时期的《诗经》，其对偶句式已十分丰富。刘麟生在《中国骈文史》中说："古今作对之法，《诗经》中殆无不毕具"。他列举了正名对、同类对、连珠对、双声对、叠韵对、双韵对等各种对格的例句。如："青青子衿，悠悠我心"（《郑风·子衿》）、"山有扶苏，隰有荷花"（《郑风·山有扶苏》》《道德经》中对偶句亦多。刘麟生曾说："《道德经》中裁对之法已经变化多端，有连环对者，有参差对者，有分字作对者，有复其

字作对者,有反正作对者。"如:"信言不美,美言不信。善者不辩,辩者不善"(八十一章)、"独立而不改,周行而不殆"(二十二章)。 再看诸子散文中的对偶句,如:"满招损,谦受益"(《尚书·武成》)、"乘肥马,衣轻裘"(《论语·雍也》)、"君子坦荡荡,小人常戚戚"(《论语·述而》)等。辞赋兴起于汉代,是一种讲究文采和韵律的新兴文学样式。对偶这种具有整齐美、对比美、音乐美的修辞手法,开始普遍而自觉地运用于赋的创作中。如司马相如的《子虚赋》中有:"击灵鼓,起烽燧;车按行,骑就队。"

2.骈偶阶段

骈体文起源于东汉的辞赋,兴于魏晋,盛于南北朝。骈体文从其名称即可知,它是崇尚对偶,多由对偶句组成的文体。这种对偶句连续运用,又称排偶或骈偶。刘勰在《文心雕龙·明诗》评价骈体文是"俪采百字之偶,争价一句之奇"。初唐王勃的《滕王阁序》一段为例:

时维九月,序属三秋。潦水尽而寒潭清,烟光凝而暮山紫。俨骖騑于上路,访风景于崇阿。临帝子之长洲,得仙人之旧馆。层峦耸翠,上出重霄;飞阁流丹,下临无地。鹤汀凫渚,穷岛屿之萦回;桂殿兰宫,即冈峦之体势。

披绣闼,俯雕甍,山原旷其盈视,川泽盱其骇瞩。闾阎扑地,钟鸣鼎食之家;舸舰迷津,青雀黄龙之轴。云销雨霁,彩彻区明。落霞与孤鹜齐飞,秋水共长天一色。渔舟唱晚,响穷彭蠡之滨;雁阵惊寒,声断衡阳之浦。

全都是用对偶句组织,其中"落霞与孤鹜齐飞,秋水共长天一色"更是千古对偶名句。这种对偶句是古代诗文辞赋中对偶句的进一步发展,它有如下三个特点:一是对偶不再是纯作为修辞手法,已经变成文体的主要格律要求。骈体文有三个特征,即四六句式、骈偶、用典。二是对偶字数有一定规律。主要是"四六"句式及其变化形式。主要有:四字对偶,六字对偶,八字对偶,十字对偶,十二字对偶。三是对仗已相当工巧,但其中多有重字("之、而"等字),声律对仗未完全成熟。

3.律偶阶段

律偶,格律诗中的对偶句。这种诗体又称近体诗,正式形成于唐代。但其溯源,则始于魏晋。曹魏时,李登作《声类》十卷,吕静作《韵集》五卷,分出清、浊音和宫、

商、角、徵、羽诸声。另外，孙炎作《尔雅音义》，用反切注音，他是反切的创始人。一般的五、七言律诗，都是八句成章，中间二联，习称颔联和颈联，必须对仗，句式、平仄、意思都要求相对。这就是标准的律偶。

举杜甫《登高》即可见一斑：

风急天高猿啸哀，渚清沙白鸟飞回。
无边落木萧萧下，不尽长江滚滚来。
万里悲秋常作客，百年多病独登台。
艰难苦恨繁双鬓，潦倒新停浊酒杯。

这首诗的颔联和颈联，"无边落木萧萧下，不尽长江滚滚来""万里悲秋常作客，百年多病独登台"对仗极为工整。远胜过骈体文中的骈偶句。除五、七言律诗外，唐诗中还有三韵小律、六律和排律，中间各联也都对仗。

律偶也有三个特征：一是对仗作为文体的一种格律要求运用；二是字数由骈偶句喜用偶数向奇数转化，最后定格为五、七言；三是对仗精确而工整，声律对仗已成熟。

楹联的地位与作用

对联在民族文化中具有广泛的群众特色。在汉文字的历史长河中，对联作为一种精练、小巧的汉字民俗文艺，放射着无比璀璨的光彩。汉文化的精华，首先在于汉文字。中国的汉字，具有其独特的艺术魅力，它不但有深邃潜在的内在美，最重要的是它本身具有着东方文化的外观之美，无论是汉字之音，还是汉字之形，都有很高的艺术表现力和艺术感染力。

对联艺术的精工奇巧是这种艺术魅力和艺术感染力的关键所在。它具有体裁精练、内容丰富、种类繁多、可俗可雅、使用方便等特点，深受人们所喜爱。千百年来，它成为人们以联会友和斗智赛艺的娱乐形式，已成为人们生活中不可缺少的艺术品类。

千百年来，对联虽得到人们的厚爱，却在文坛上未得到应有的重视。自古以来未曾登过大雅之堂，还被一些文坛权威以"雕虫小技、笔墨游戏"戏之。梁启超可算得上是联中高手。然而他却把对联称之为"苦痛中的小玩意儿"，还认为"楹联起自宋后，在骈俪文中原不过是附庸之附庸"，张之洞的弟子许同莘在为他的老师编《张文展公全集》增订本时,不惜将对联部分全部删去。像徐文长、郑板桥等骚人雅士,都在自编诗文集时将对联弃而不录。这无形中使历史上的许多好联销声匿迹、泥牛入海。在我国诸家洋洋大观的中国文学史专著中,散文、诗词等自不必说,连俗曲、谣谚均有论及,唯独不谈对联。在他们眼里,似乎对联不属于文学作品,也不属于文学形式之一,充其量不过是教学中老师考验学生们的炼句之辞,以及文人墨客们在会友、作客时的文字游戏而已。由于历代文人对此有严重的偏见,更没有论及对联艺术方面的专著传世,只有散见于古籍中的一些名联联话、集锦之类留存。例如:《玉堂巧对》(明·钱德苍)、《秋海棠馆联话》(清·金涛)、《楹联丛话》、《楹联续话》(清·梁章钜)、《楹联四话》(清·梁恭辰)、《随园诗话》(清·袁枚)、《带经堂诗话》(清·王渔洋)、《石菊影庐笔谈》(清·谭嗣同)等。

对联为什么不受历代文人的重视呢?大体可概括为三个方面:一是对联字数少,而且只有上下两句,被认为不能写出惊世之作,同一题材倒不如写诗来得应手;二是历代皇帝多不予以重视,除了明太祖朱元璋以外,其余的皇帝只是偶尔涉猎或命下臣属对,以助雅兴,只当其精神快餐而已;三是由于在历代的科举考试中,对联几乎没有作为单独试题出现过。

然而,这一集中显现中华民族文化的艺术品类,从未失去其光彩照人的魅力,在千百年的冷嘲热讽中以坚强的生命力生存下来。

这里应该提到的是,对联之所以能在漫长的历史中生存下来,在很大程度上是借助于律诗中的对句的滋养。对仗是对联最起码的特征,而唐律诗的颔联、颈联都必须是很标准的对仗句。它们在相互营养、相互补充、相互裨补,以至对仗这一形式作为一种修饰手段辐射到小说、散文、杂文、论文等各种文体之中,特别是历史上的一些理论著述,例如《菜根谭》、《小窗幽记》、《围炉夜话》、《朱子家训》、《龙文鞭影》、《幼学琼林》等都为对联的发展起到了推波助澜的作用。

近代,原金陵大学的教授刘麟生对对联给了予充分肯定,他在他的论著《中国骈文史》中用专章加以论述,认为对联是"骈文之支流余裔"。现代著名学者、文学史家程千帆在《关于对联》一文中指出,"(对联)本应该在文学史上占一席之地,但不知为什么,却被我们的文学史家们在一致同意下开除了。这恐怕也是文学界应当平反的错案之一。"白启寰先生对于对联的文学性也做了热情的肯定,他在《祝贺《对联》创刊一周年》的联语中写到:

对非小道,情真意切,可讽可歌,媲美诗词、曲赋、文章,恰似明珠映宝玉

联本大观,源远流长,亦庄亦趣,增辉堂室、山川、人物,犹如老树灿新花

由于文人们对对联的过分偏爱,渐渐地赢得了帝王们的青睐。如隋炀帝、唐太宗、武则天、朱元璋、朱棣、康熙、乾隆都有名联传世,请看李世民的春联:

送寒余雪尽
迎岁早梅新

朱元璋写的赠徐达联:

破虏平蛮,功贯古今第一
出将入相,才兼文武双全

朱棣的即兴联:

灯明月明,照得大明一统
君乐臣乐,求得永乐万年

康熙写的西湖净慈寺联:

云间树色千花满
竹里泉声百道飞

乾隆题七十岁自寿联:

七旬天子古六帝
五代孙曾予一人

特别是明朝以后,由于皇帝垂青,崇尚对联蔚成时风,一发难收,随之康乾二帝的推崇,曾几何时楹坛高手如林,名联异彩纷呈,明清两代可以说是楹联史上最辉煌的时期,不管是天子丞相、文人墨客,还是平民百姓,都有经世之作,真可谓"家喻户晓,处处皆对"。

新中国成立以来,特别是近年来,时代赋予了对联新的生机,出现了前所未有的繁荣景象,对联作为一种文学品类,已融入人们的生活之中。

对联是一门雅俗共赏的艺术品类,古往今来,人们从未间断过对对联的艺术探求。从开始只限于春联的尝试,到后来的各种行业联、文苑联等的创新,充分说明楹联有着极其强大的生命力和独特的实用性。它有着比诗歌更广泛的实用价值。就对联的作

用而言，主要有八个方面：一是装饰环境；二是启迪世人；三是传递感情；四是祈祝吉祥；五是陶冶情操；六是鞭笞邪恶；七是宣传广告；八是社会征联。

一、装饰环境

应该说，装饰环境是楹联的自身特征，是先人对对联的最初理解。这在于对联本身包藏着一种对称之美，正应和了中国人的审美观点。不管是过去的桃符，还是现在的纸联，虽有不同内容，但它首先通过装饰这一过程达到目的。贴对联的目的是给人看，所以它必须以美的形象出现于不同场合，就起到了装饰的作用。曹雪芹在《红楼梦》第十七回中曾借贾政之口说道："若大景致，若干亭榭，无字标题，任是花树山水，也断不能生色。"此话很有见地。试想，如果只有幽静的佛殿书院，典雅的画阁芳苑，奇异的仙窟名泉，却无名联妙对相衬，纵是鬼斧神工，也觉美中不足。如有美字奇联相配，则会使景观大增光彩，令人忘返。园林名胜对联，恰如诗词一样，贵在情景交融。王夫之在《姜斋诗话》中说："情景虽有在心在物之分，而景生情，情生景，哀乐之触，荣悴之迎，与藏其宅。"对联，作为一种艺术品类，其作用又是多方面的，它只用廖廖数语，就把此地此时的有关历史、人物、景致、典故传说概括出来，与风景、古迹交相辉映达到珠联璧合之美。如镇江甘露寺联：

> 峰巅片石留三国；
> 槛外长江咽六朝。

上联中的峰巅片石指刘备当年在甘露寺相亲时所遗留下来的那块试剑石。当时孙权、周瑜想设美人计，索回荆州，却陪了夫人又折兵。下联化王勃的《滕王阁序》诗句"槛外长江空自流"，借景以怀沧桑之叹。自宋之后，楹联逐渐出现在园林景观之处，这不但给园林艺术增添了无穷的色彩，也为中国名胜、风景联的兴起发展奠定了坚实的基础。从明代起，题联之风大盛，墨客游人在游山玩水，访胜寻古之际，触景生情，题诗题联，留于后世。

名胜风景联在中国楹坛中占据主导地位，它不仅数量最多，而且内容丰富。名胜风景联多集历史、地理、宗教、景观、文字、书法、篆刻于一炉，给人以美的享受。联语作为一种建筑装饰和文学艺术品类，其作用也是多方面的，既可阅古今，壮观瞻，激诗情，又可生妙趣，添游兴，长知识，是一种寓教于乐的好形式，使人在不知不觉之中，开阔了艺术视野。有时一副好联，竟使游人流连忘返，增添游兴，难以忘怀。

如滕王阁有一联:

依然极浦遥天,想见阁中帝子;
安得长风巨浪,送来江上才人。

使人读联之后引发思古之幽情,仿佛自己也化入历史的时空之中。
再看山西省洪洞县庐济寺的大槐树下的一副对联,联曰:

乔木迹犹存,汾水环流,此地迁莺离梓里;
古槐名不朽,鹳窝宛在,于今化鹤返莲邦。

许多人都知道,洪洞县大槐树下,乃明朝初年移民戍边的集散地。现今许多北方人的祖先从此地离乡远迁,此情此景怎不令其后裔们大发感慨,怀思古之幽情呢?

清代钱泳在他的《履园丛话》中说:"造园如作诗文,必使曲折有法,前后呼应,最忌堆砌,最忌错杂,方称佳构。"反过来讲,撰联如造园林,必使浓淡得法,古今辉映,最忌平铺,最忌臃肿,方称佳构。汤显祖所作的《牡丹亭》中"游园"、"拾画"诸折,不仅是戏剧文学,而且还是很好的园林文学,"朝日暮卷,云霞翠轩,雨丝风片,烟波画船"为剧情增色不少。所以说情能造景,亦能生景,原因故在于此。

二、启迪世人

对联也是进行思想教育的最佳形式。中国古代文化是凝合文学和哲学为一体的一门学问,它融入了中国古老的辩证理论,具有一定的说理性和教育性。对联也是如此,一篇好的对联往往使人顿开茅塞,令人从中领略人生的哲理和真谛。许多名人志士都以联警世,教诲和鞭策同仁、同辈和亲朋好友,给人以鼓舞和勉励,传为美谈。请看下面这副对联:

革命尚未成功;
同志仍须努力。

这副妇孺皆知的名联,其实是孙中山先生说过的一句话,孙中山逝世以后,这句话被后人以对联的形式在重要场合广泛张贴、宣传,旨在号召人们继承孙中山的遗志,完成其未竟之事业,起到了教育鼓舞人的作用。

楹联学问，博大精深

国民党元老、著名诗人、书法大师于右任老人曾致蒋经国：

> 计利当计天下利；
> 求名应求万世名。

于右任先生，是海峡两岸人民敬重的爱国人士，他热爱祖国，反对独裁的志向已传为佳话，他的一首《望大陆》，一唱三叹，写出了一位游子的报国之心。他思想高尚，学识渊博，诗书联均称奇绝。这副对联胸襟宽广，语重心长，作者站在历史的、国家的高度，倾注了无限深情，尽肺腑之言，读品之余，令人心动。

著名画家张大千写过一副联：

> 人到万难须放胆；
> 事当两可要平心。

联句寥寥十几字，却浓缩了丰富的人生哲理，它告诉人们什么时候要当机立断，放开胆略，什么时候要从容不迫，平心静气。作者将人生处事之诀，点化得十分具体，俨然是一副优美、精致的人生格言。

三、传递感情

对联不但具有诸多社会作用，它还是人们传递感情，增进友谊的最好媒介。综观楹坛，许多高手、名人留下了许许多多的题赠佳品，或互相勉励，或寄托情思，或抒发心志，或言明事理，或表示对对方的景仰、思慕、寄托之情。

请看鲁迅为瞿秋白赠的一副联：

> 人生得一知己足矣；
> 斯世当以同怀视之。

鲁迅与瞿秋白的友谊是相当深厚的，瞿曾为鲁迅的杂文写过序，鲁迅在瞿牺牲后为瞿编了《乱弹》、《海上述林》以示纪念。从瞿为鲁迅写的杂文序中，我们不难看出，鲁迅称瞿为"一知己"，确实倾注了不少真情实感。

清代李啸村为郑板桥写过这样一副对联：

> 三绝诗书画；

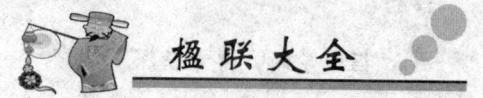

一官归去来。

此联是在郑板桥罢官归田后写的。郑板桥罢官后，以画画、写字为生。上联是说郑板桥有诗书画之绝，下联是说郑板桥不为五斗米折腰，不事权贵的反抗精神。"归去来"借览陶渊明罢官回乡后所写的《归去来辞》一文。李啸村赠此联应是对郑其人的最高评价了吧。

四、宣传广告

对联可以进行广告宣传，招徕生意，妇孺皆知，其实在过去人们就知道用对联做广告宣传了，只是未冠"广告"之名罢了。江苏泗水县洋河酒厂联是这样写的：

酒味冲天，鸟闻成凤；
酿糟抛海，鱼食化龙。

全联皆言说好，妙在运用了夸张手法，让鸟闻味变凤，使鱼食糟成龙，何况人乎？这种手法会使读者产生奇想，诱惑力强，令人顿入意境，流连忘返，手法之高，令人叹服。当今山东鱼台孔府宴酒的一副对联，通过电视媒体传遍神州大地，妇孺皆知，联曰：

喝孔府宴酒；
做天下文章。

联句声韵平稳，却气势恢弘，很有感染力。想到当年孔夫子一定喝过此酒，要不怎么能写出《论语》那样的宏篇巨著呢。

五、祈祝吉祥

祈祝吉祥，是对联以及桃符这一文体的内核。《后汉书·礼仪志》就有过古人以桃符驱逐鬼邪的记载。从王安石的《春日》一诗中，我们不难看出，在爆竹声声的喜庆中，千家万户把旧符换成新桃，那种祈兆幸福，扫除邪气的感觉即刻跃然纸上。自宋代后，人们在桃符上写对子，那时候叫"春贴子"。《墨庄漫录》书载，苏东坡在黄州时，曾为王文甫题一桃符："门大要容千骑入，堂深不觉百男欢。"在宋代，逐步有了写寿联的习俗。孙奕在《示儿篇》提到，黄耕庚夫人3月14日生日，吴叔经为其作一寿联"天边将满一轮月，世上还钟百岁人"，一方面是表达对老人高寿的喜悦，另一方面还有祝福的意思，古今皆然。

因此，我们在作联时，必须注意对联喜悦、吉祥的效果，要根据实际内容撰写有不同层次的充满吉祥气氛的对联，文体要得当，做到恰如其分，必要的艺术夸张是可以的，但不要无的放矢，要做到文题相符。

六、陶冶情操

陶冶情操，修身养性，乃古今文人修身之法门。历代文人，多借用诗歌散文等一些手段，或直抒胸襟，或隐寓文心，或借古喻今，或托物抒怀，以发天地人之感慨，真善美之心声。自从楹联出世，中国的文人们庆幸找到了一种简捷精练的文学形式。从此，写出了大量修身、养性、咏物、言志、治学的佳作诗对。通常，我们把这类充满闲情逸致的楹联列入此类。

这方面的对联内容较广，在楹坛中占据较大的位置，综观楹联古籍，以联抒怀者不胜枚举，可谓多矣。

请看程十发所撰一联：

揉春为酒；
剪雪为诗。

作者以物咏怀，联句分明在写春，作者饱蘸对春的浓郁之情，突发奇想，将春的颜色作为酿酒之曲，将春雪之图一片片剪开，组成诗词，一"揉"一"剪"，用字奇险。古人言：诗中有画，画中有诗。此联不可多得也。

楹联的分类

中国楹联，源远流长，内容丰富，种类繁多。对楹联的分类，也有多种多样的看法。有人从平仄关系上将楹联分为平仄协调的楹联和不拘平仄的楹联；有人从字数上将楹联分为短联和长联；也有人从内容上分为写景联、庆贺联、赠答联、奇巧联，等。

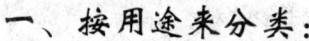

一、按用途来分类：

1. 节令联：是指有特定的应时性或纪念性，内容多为一般的咏物、抒情、议论、祝愿的对联。严格来看，可将其区分为节日联和时令联，但鉴于二者往往合一，这种区分已无实际意义。一般可直接将节令联划分为春联、元旦联、国庆联等若干子类即可。节令联中，最主要的是春联。所谓春联，就是用于春节的节令联。大多数春联可以通用。

2. 喜庆联：又称贺联，是指除节日庆祝以外的、内容上带有某种特定祝贺性质的对联。按其内容和对象，可划分为婚联、寿联、新居联（乔迁联）等若干子类。喜庆联突出的特征是带有特定的喜庆、祝贺性质，其内容必须是表示良好祝愿、喜庆吉祥的。喜庆联有通用的，也有专用的。是否通用，要因联而异，不可简单地照搬照抄，以免出现张冠李戴的笑话。

3. 哀挽联：又简称挽联，指的是用于吊唁亡人的对联。其内容限于对亡人的吊唁、缅怀、评价、祝愿，其风格一般是哀痛、肃穆、深沉、庄严的。也有为未亡人作挽联或未亡人作自挽联的，则另当别论。挽联可从多种角度来划分，如挽老年人联、挽中年人联、挽青少年人联等，或者挽长辈联、挽同辈联、挽晚辈联等。另外，还可分出挽名人联、自挽联等，还可将祭祀联作为挽联的一个子类。挽联的内容所指一般有较具体的对象，虽然同样有通用的和专用的，但在实用中更要注意区分。

4. 名胜联：是指张贴、悬挂、雕刻于风景名胜处的对联。其内容大多为题写该名胜景观（如山水楼台、文物古迹等），或者与它密切相关的人、事等。这类对联往往成为名胜景观甚至历史文化的重要组成部分。名胜联可分为山水园林、寺庵庙观、殿阁亭台、院舍堂馆、碑塔墓窟等若干子类，不一而足。

5. 行业联：是指其内容为针对某一行业、部门或领域的对联。由于时代的变迁，对联在行业上的运用虽已不如以前，但仍旧可观。从其适用范围和内容特色看，它仍不失为对联的一大种类。行业联可按行业、部门来划分子类。

6. 题赠联：是指题赠给他人的对联。虽然许多对联都带有某种题赠性质，但这里所说的题赠联，仅限于人际关系交往（或向往）的题赠之作，不包括挽联与贺联之类。其内容一般带有某种赞颂、祝愿、劝勉性质。从对联的运用情况来看，题赠联不失为一大种类。根据题赠对象的不同，题赠联一般可分为题长辈联、题同辈联、题晚辈联等若干子类。

7. 杂感联：是指没有特定对象，而内容包罗比较广泛的对联。这种对联往往带有比较单纯的文学创作特色，如哲理言志联、咏物抒情联、劝喻讽刺联等。

8. 学术联：是指带有某种学术性质的对联。这种学术性质指的是在内容和用途上不属于上述几大类的某种专业性质。其内容往往比较专门，带有某种学科或宗教特色，如科普联、佛教联、道教联等。从对联的运用范围及发展空间而言，有必要将学术联作为单独的一大种类。如《触闻集——佛教对联1200副》一书，就以对联的方式将许多佛教人物与佛教义理比较系统地写成了一部学术专著。推而广之，也可将许多科学知识或其他学问道理用对联的方式加以撰写，并且在内容上突出其学术或专业性质。

9. 趣巧联：是指比较突出趣味或技巧而相对不注重内容的对联。如各种谐趣联、技巧联等。这类对联的内容，要么是凸显某种风格的独特性（谐趣联），要么是相对不太重要（技巧联），从而显得别具一格。从这个意义上，可将其作为单独的一大种类。

二、按字数分类

1. 短联（十字以内）
2. 中联（百字以内）
3. 长联（百字以上）

三、按修辞技巧分类

1. 对偶联：言对、事对、正对、反对、工对、宽对、流水对、回文对、顶针对。
2. 修辞联：比喻、夸张、反诘、双关、设问、谐音。
3. 技巧联：嵌字、隐字、复字、叠字、偏旁、析字、拆字、数字。

四、按联语来源分类

1. 集句联：全用古人诗中的现成句子组成的对联。
2. 集字联：集古人文章，书法字帖中的字组成的对联。
3. 摘句联：直接摘他人诗文中的对偶句而成的对联。
4. 创作联：作者自己独立创作出来的对联。

楹联的特征

著名学者傅小松在《中国楹联特征论略》中则将楹联的特征概括为五个对立统一，其内容如下：

一、楹联具体独特性和普遍性

人们普遍认为楹联是中国最独特的一种文学形式。其独特性究竟表现在哪里呢？主要表现在结构和语言上。楹联可称之为"二元结构"文体。一副标准的对联，总是由相互对仗的两部分所组成，前一部分称为"上联"，又叫"出句"、"对头"、"对公"；后一部分称为"下联"，又叫"对句"、"对尾"、"对母"。两部分成双成对。只有上联或只有下联，只能算是半副对联。当然，许多对联，特别是书写悬挂的对联，除了上联、下联外，还有横批。横批是这种对联的一个有机组成部分，它往往对全联带有总结性、画龙点睛或与对联互相切合的文字，一般是四个字，也有两个字、三个字、五个字或七个字的。从语言上看，楹联的语言既不是韵文语言，又不是散文语言，而是一种追求对仗和富有音乐性的特殊语言。楹联这种特殊的"语言—结构"方式，完全取决于汉语言及其文字的特殊性质。这种"语言—结构"的独特性使得楹联创作在构思、立意、布局、谋篇上迥异于其他文学形式。同样的客观对象和内容，楹联总是设法从两个方面、两个角度去观察和描述事物，并且努力把语言"整形"规范到二元的对称结构之中去。

二、楹联具有寄生性和包容性

所谓寄生性，指楹联本从古文辞赋的骈词俪语派生发展而来，小而言之，它就是一对骈偶句，因此，它能寄生于各种文体之中。诗、词、曲、赋、骈文，乃至散文、戏剧、小说，哪一样中又没有工整的对偶句呢？但反过来，楹联又具有极大的包容性。它可以兼备其他文体的特征，吸收其他文体的表现手法，尤其是长联和超长联，简直能集中国文体技法之大成。诸如诗之精炼蕴藉、赋的铺陈夸张、词之中调长调、曲的意促爽劲、散文的自由潇洒、经文的节短韵长等，皆兼收并蓄、熔铸创新。

三、楹联具有实用性和艺术性

如前所述，楹联是中国古典文学形式的一种，理所当然具有文学性和艺术性，它以诗、词、曲等前所未有的灵活和完美而体现了中国文字的语言艺术风采。对联之美在于对称、对比和对立统一。宋胡仔《苕溪渔隐丛话》后集卷二十引《复斋漫录》记载：晏殊一次邀王琪吃饭，谈起他一个上句："无可奈何花落去"，恨无下句。王琪应声对道："似曾相识燕归来。"晏殊大喜，于是把这个绝妙对句写进了《浣溪沙》一词。杨慎称这个对句"二语工丽，天然奇偶"。这就是对联的艺术魅力。

楹联的艺术性，可以当代学者白启寰先生一副对联来概括：对非小道，情真意切，可讽可歌，媲美诗词、曲赋、文章，恰似明珠映宝玉；

联本大观，源远流长，亦庄亦趣，增辉堂室、山川、人物，犹如老树灿新花。

四、通俗性和高雅性

人们常说对联雅俗共赏，这丝毫不假。试想，还有哪一种文学形式，像楹联一样，上为学者文人，下为妇人孺子所喜闻乐道，既可走进象牙之塔，又能步入陇亩民间，既是阳春白雪，又是下里巴人呢？这种奇妙的合一究竟是怎么回事呢？原因在于楹联是一种既简单又复杂、既纯粹又丰富的艺术，诚如前所述，楹联的规则并不复杂，尤其是对语言的色彩、风格，对题材、内容都没有什么要求，它一般很短小，又广泛应用于社会生活，不像其他文学形式戴着一副高雅的面孔，它易学、易懂、易记，也不难写。只要对得好，无论语言之俗雅，题材之大小，思想之深浅，皆成对联。但其他文学则未必然。诗尚典雅蕴藉，如"江山一笼统，井上黑窟窿，黄狗身上白，白狗身上肿"之类，只能称之为"打油诗"。一般人是不敢问津诗词的，怕写成打油诗。而楹联，至若逢年过节，家家写之，户户贴之，实为文学中之最通俗者。但是，楹联俗而能雅，而且是大雅。楹联固规则简单，形式纯粹，但其对道、联艺，却博大精深，没有止境。短小隽永者，一语天然，非俗手能为；长篇巨制者则更是铺锦列绣，千汇万状，如同史诗，非大手笔不能作。那些优秀的风景名胜联，辉映山川古迹，永放异彩；那些著名的哲理格言联，传播四海，流芳百世；那些仁人志士的言志联，慷慨磊落，

光耀千秋，岂非大雅乎？

五、严肃性和游戏性

一般来说，文学和艺术是严肃的，人们反对游戏文学、游戏语言的那种不严肃的创作态度。但对于楹联来说，情况就不同了。楹联历来被很多人视为笔墨游戏，虽为偏见，但也说明了楹联具游戏性的特点。由于楹联追求对仗，自然是对得越工整，越巧妙越好。这其中既是文学创作，又包含了思维游戏和语言游戏的成分。如果单纯向对得工、对得巧上发展，就纯粹变成了一种语文斗才和思想斗智。事实上，纯以逗乐谐趣、斗智试才为目的游戏性楹联也不少，它往往借助汉字音、形、义某一方面的特殊情况，运用各种修辞手法和别出心裁的奇思异构撰写而成。游戏性楹联在宋代就很普遍了。苏轼就曾经创作过不少游戏性对联，留下了许多趣闻佳话。从他以后，对对子成为文人之间乃至普通百姓中试才斗智的一种主要方式，成为中国传统文化的一部分。明代的朱元璋、刘基、解缙，清代的乾隆、纪昀都是热衷于游戏性对联的大师。

清末有个叫赵藩的，在成都武侯祠题了一联。联云：

能攻心则反侧自消，从古知兵非好战；
不审势即宽严皆误，后来治蜀要深思。

这副楹联既概括了诸葛亮用兵四川的特点，又总览了诸葛亮治理四川的策略，借此提出自己关于正反、宽严、和战、文武诸方面的政见，极富哲理，蕴含深刻的辩证法，发人深思。和历史任何优秀的哲理诗相比，它都毫不示弱。此联问世以来，好评如潮。人们"看中"的，正是此联的深刻性和严肃性。毛泽东1958年参观武侯祠时，对此联看得很细，予以高度评价。

楹联的艺术格调

对联的十大艺术格调，从体裁的角度来看，对联的格调大致可分为以下10种：

一、律诗格调。最初，对联多以五、七言为多，它是对联格调的主流，这种诗歌式的对联，仍占大多数。如苏小妹联：轻风扶细柳，淡月失梅花。

楹联学问，博大精深

二、词格调。到了宋朝，宋词逐渐兴盛，同时也丰富了对联艺术。如徐达的故居联：大江东去，浪淘尽千古英雄，问楼外青山、山外白云，何处是唐宫汉阙；小院春回，莺唤起一庭佳丽，看池边绿树、树边红雨，此间有舜日尧天。

三、民歌格调。有的对联很像民歌，语言通俗朴素，形式生动活泼，很有民歌情调。解缙联：金水河边金线柳，金线柳穿金鱼口；玉栏杆外玉簪花，玉簪花插玉人头。

四、散文格调。以文人联，有人说自曾国藩始，如清末文人俞樾的自挽联：生无补乎时，死无关乎数，辛苦苦著二百五十卷书，流传人间，是亦足矣；仰不愧于天，俯不怍于人，浩荡荡历半生三十年事，放怀一笑，吾其归乎？

五、戏文格调。有的联从表情断句、叠词上看，很有戏文的味道，例如：想当年那段情由未如此，看今日这般光景或者之。再如：莺莺燕燕，翠翠绿绿，处处融融洽洽；风风雨雨，花花草草，年年暮暮朝朝。

六、曲格调。曲的格调表现在语言质朴自然，新鲜泼辣，形象生动、诙谐。此类对联具有文而不文，俗而不俗的风格。例如，棺材铺联：这买卖稀奇，人人怕照顾我，要照顾我；那东西古怪，个个见不得它，离不得它。

七、成语格调。有的对联为成语嵌成。如林则徐撰联：海纳百川，有容乃大；壁立千仞，无欲则刚。

八、绕口格调。有的联很像绕口令。如：屋北鹿独宿，溪西鸡齐啼。再如：烟沿檐，湮燕眼。

九、谜面格调。有的像一则谜面。如：白蛇过江，头顶一轮红日；青龙挂壁，身披万点金星。上联喻油灯，下联喻秤。

十、骈文格调。用骈体写成的文章称为骈文，骈文讲究词句整齐、对偶、声韵和谐，辞藻华美。两汉、南北朝后，骈文风行，它后来影响了中国几千年的文学史。对联同样受其影响，骈文格调的对联在清代的长联中得到了淋漓尽致的发挥。这种格调在清代以前出现得并不多，清末民国初期，对联越写越长，从此，骈文格调便有了充分发挥的余地。如李联芬写的武汉黄鹤楼联：数千年胜迹，旷世传来，看凤凰孤屿，鹦鹉芳洲，黄鹤渔矶，晴川杰阁，好个春花秋月，只落得剩山残水，极目今古愁，是何时崔颢题诗，青莲搁笔；一万里长江，几人淘尽？望汉口斜阳，洞庭远涨，潇湘夜雨，云梦朝霞，许多酒兴风情，仅留下苍烟晚照，放怀天地窄，都付与笛声缥缈，鹤影蹁跹。此联不仅用了大量的骈名，如"凤凰孤屿，鹦鹉芳洲，黄鹤渔矶，晴川杰阁"，"汉口夕阳，洞庭远涨，潇湘夜雨，云梦朝霞"等，把人带入旷远、舒展的诗情画意之中，而且用词典雅、清丽、极富文采，边叙边议，挟眼前景物、历史风云铺成一幅壮美的画卷，

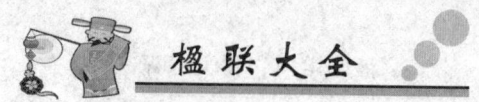

文辞激扬,如栏外涛声,从远而近,不绝于耳。

楹联谋篇及创作

古人将对联的创作称之为"属对"。"属",类也,"对",配偶也。意思就是以类字配成偶句以成的文体。由此可见其"属对"二字的内涵所在。对联的独立单位是"副",不能用"首"或"条"等称谓。不管对联字数多少,必须要求上下句字数相等。对仗合理,词性相近。

乍看起来,对联这一文体在浩瀚如云的传统文学中,是再简约不过的了,它短小精练,易学易会,应用方便,尤其是那些在生活中屡见不鲜的春联、婚联之类,似乎持一般文化水平的人都能尝试。其实不然。形式的简短,只是就表象而言,若论及对联的创作理论及艺术手法,并不比诗歌简单。对联和格律诗实质上是相同的,只是形式上有所不同。对联只有上下两句,而格律诗就不只两句了,对联在精练程度上比格律诗要求的还要高,因此联语中的水分是很少的。一副好的对联,不但要做到语言精练、对仗精巧、意象精深,还要有强烈的艺术感染力。撰写对联难度较大,难度特大的对联,要想对好,比写格律诗要困难得多。有的联语要花费大量时间才能对好,有的联上联出了,数百年之后,下联仍无人对出,致使在楹坛上出现了"绝对"这一特殊现象。所以,一位作者,只有学识是不够的,必须有长期的生活体验以及浓郁的艺术表现手法。创作一副对联,格调固然重要,但格调只是一种文学技巧,而艺术是文学的灵魂。格调是死的,艺术则是活的,格调给人以外表的美,而艺术则能给人以内在的美。所以,要求作者必须具有诗人的思维力、观察力和感染力。像写诗那样去写对联,要做到立意奇绝、感情真挚、内容含蓄、语言饱满、文辞洗练、构思巧妙、意象清晰、寓意深刻、对仗合理、音律优美,尽量使对联达到诗化的境界。有人认为,写对联比写诗来得容易,其实要真正写好一副对联,并非易事。它和诗歌一样,同样要讲究比兴之法。如果没有艺术的冲动,只是为应付而作,因文造情,其作品绝无艺术生命力。晋朝陆机在他的《文赋》中指出,"诗缘情而绮靡",指出诗歌的本质在于抒情和言志,这就必须首先做到语言优美而动人,对联亦如此,必须借助于审美形象去表达自身的情绪,还要做到联中有我,即在联中呈现出自己的风格。古人云:"学文者,必先浚文之源,而后究文之法,浚文之源在读书,在养气。"此乃独到之谈。其中道出了"读书破万

楹联学问，博大精深

卷，下笔如有神""勤学之功，丹华之妙"的深刻道理。此乃书外功夫，是非一般人能体会的了的。清代学者袁枚在谈到文学创作时说："只可取意，不可取法"，"平居有古人，学习方深，落笔无古人，而精神始出。"对联的创作过程是对语言最精辟的提炼。作为一种语言艺术，对联创作必须充分掌握极度的概括特征，以最精练的形式唤起人们的美感。大的题材可以大写，小题材则要小写，不可无的放矢，无病呻吟。在创作时，既要避免文辞堆砌的阳春白雪，也要避免庸俗直白的下里巴人。沈德潜指出："有第一等襟抱，第一等学识，斯有第一等真诗。"为此，作者平时要加强自己的思想修养，扩展自己的胸谋，开阔自己的视野，到时候驾驭大的题材就不会无处落笔了。

下面谈一谈对联创作中的规则。

一、立意

诗以意为主，楹联也如此。王夫之在《姜斋诗话》里指出，"无论诗歌与长行文字，俱以意为主，意犹帅也，无帅之兵，谓之乌合。李杜所以称大家者，无意之诗，十不得一二也，烟云泉石，花鸟苔林，全铺锦帐，寓意则灵。"意思是楹联中的"题旨"，作者写一副楹联作品，必须要明确歌颂什么，赞美什么，批判什么，总得要有个明确的感情。没有立意在先，再好的文辞、再好的技巧，也只能是文字的堆砌。一副楹联，不仅要寓意明确，还要立意高远、精神。古今名联，或言及风物，或追溯历史，或以文采见长，或以技巧取胜，而成佳构。如明嘉庆进士陈大纲写的湖南岳阳楼联：

　　四面湖山归眼底
　　万家忧乐到心头

此联独辟蹊径，写风景言简意赅，只在出句点破而已。下联笔锋突转，从四面湖山的空旷即而想到万家忧乐，这是全联的主题所在，立意也就在此。作者若没有真挚的怜悯之心，是绝不会写出这样的联句的。

立意，也叫命意，是对联之前提。对联具有广泛的社会效应，因此，作品首先要做到主题明确，意象清晰，概念具体。你要写什么，怎么写，均在立意之中。应该说，艺术的提炼往往来源于笔前的立意，点睛之笔往往来自于熟虑的思考和机智的文采。请看山海关一联：

　　群山尽作窥边势

大海能销出塞声

联语道出"山"、"海"之气势，巧用"窥边"、"出塞"二词，拟成边将士，透出了山海关这一特殊的地理位置和历史负荷的重要性。作者犹如向人们述说历史，把人们牵回那烽火硝烟的岁月之中。立意可谓高妙、奇绝，被人们视为不可多得的上品。

二、取象

取象，或称物色，就是选取意象，这是在楹联立意之后不得不考虑的问题。

那么什么是意象呢？所谓意象，即是楹联中带有作者主观感情色彩的形象。换句话说，就是作者在构思时直接浮现于头脑中的多种形象，借以表达自己的一种思想情感。平时我们所说的触景生情，这个"景"就是我们说的"象"。请看刘坤一写的题滕王阁联：

兴废总关情，看落霞孤鹜、秋水长天，幸此地湖山无恙
古今才一瞬，问江上才人、阁中帝子，比当年风景如何

作者在上联巧妙地摄取了"落霞孤鹜"、"秋水长天"、"湖山"等物景，以哲人的眼界，向人们提出了世事兴废的自然规律，下联引出此时与当年的时空差，相比之下，今昔对照，令人在时代的变迁中引发怀古幽情。若无上联出自王勃《滕王阁序》中的定格之景，便不会有下联作者要抒发的感慨之情。作者依稀在告诉人们，"此地湖山"历经风雨沧桑而依然无恙，得来之不易。言外之意，也多少道出了滕王阁的佳丽风光。

下联在取象上也用得恰到好处。请看：

得好友来如对月
有奇书读胜看花

联中的"月"、"花"即是意象，作者借用二者以喻"好友"、"奇书"的价值。如联句中不使用人们所认可的意象，联句则索然无味，如同嚼蜡。在这里，意象的作用不仅仅是比较价值，更重要的是它能使读者从中产生联想，给人们展开一种广阔、恢宏的艺术空间。因此，一副好联，必须有一较为确切的意象，才能将自己抽象的情感化为具体的形象，使读者感悟到作者真正的立意所在。刘勰在《文心雕龙·物色》中认为，感情由于景物的感触而发生，随着景物的不同而变化。因此，山川的壮丽，可以启发作者的文思，触景生情，才能用语言将所要抒发之情描写出来。这样的对联，

楹联学问,博大精深

在风景联、名胜联内,比比皆是,无所不在。

三、言志

舜帝曰:"诗言志,歌咏言。"这是在说诗体的文学宗旨。楹联也同样如此。孟子亦云:"读其书,不知其人可乎?"意思是讲不了解作者就不可能对其作品有真正的理解,反过来讲,我们可以通过对联了解作者的人品。刘勰在其《文心雕龙·明诗》中首先给诗下了定义,认为"言志"就是"持人情性",而所含的就是"无邪"的情志,意即健康、真实的思想感情。自古至今,诗人们一直恪守这一格言,认为"言志"是诗的本质,诗不言志,作者无法将自己的理想、抱负、志向、情趣抒发出来,从这一点说,"志"应是诗的灵魂。联与诗同,细细分析,一副好的对联,都是或明或隐地向人们表达自己的心志。"诗言志"应该做两种解释,一是诗必须要言志,二是你不管采取何种手法去写,最终你的志也会在你的作品中流露出来。因为作品是作者思想的外延,每个人都有自己的思想,每个人又都有自己的内在情性、社会经历和语言风格,即使写同一题材,也会千差万别,异彩纷呈,然言志这一宗旨都是统一的。在对联中,有人将旨在抒发自己情致的对联称之为言志联,比如徐悲鸿在解放前写过的一副联:

独持偏见
一意孤行

作者有意利用贬义词组成联句,借以抒发自己追求自我、不与恶势力随波逐流的志向和情怀。联语正气逼人,入木三分,一腔胆识浮于纸上。

在写法上,言志可分为两种,一种是有意的表白,一种是无意的流露。前者如清代彭元瑞写的自勉联:

何物动人?二月杏花八月桂
有谁催我?三更灯火五更鸡

孟子在论诗时曾提出过"以意逆志"和"知人论世"的两种读书方法,前者是说只有全面理解了作品,才能了解作者的思路;后者是说要读懂某作家的作品,一定对其作者的身世有所了解才行。两者相互为用,会对我们欣赏对联大有帮助。

在对联创作过程中,要遵循"诗言志"的宗旨,强调写作态度端正、严肃,因作品一旦写出，便具有了一定的社会意义，如处理得不好，轻的闹出笑话，严重者还会带来很坏的社会影响。

四、抒情

抒情指在作品中抒发内心的思想感情。可"直抒胸臆"，谓直接抒情，亦可"寓情于景"，谓间接抒情。它带有作者鲜明的个性特点，并反映一定时代、一定人群的某种共同感情，以增强作品的艺术感染力。晋朝陆机就指出过"诗缘情"之说。他说的情乃是指人们的心灵意绪，它包括人生悲喜之感，而以真实感人作为其审美之特征。钟嵘在他的《诗品序》中认为，诗歌的感情，乃是社会生活和自然现象对诗人心灵感召的结果，其中最激发人心的即是悲壮、分别之情，只有这些感情，才适合以诗的形式抒发出来。纵观古今楹品亦然。请看小凤仙挽蔡锷联：

万里南天鹏翼，直上扶摇，哪堪忧患余生，萍水姻缘成一梦

几年北地燕支，自悲沦落，赢得英雄知己，桃花颜色亦千秋

小凤仙乃北京一妓女，蔡锷在逆境中与小凤仙结成知己，得到了小凤仙的帮助，脱离袁世凯的囹圄之中。后蔡不幸早逝，小凤仙闻讯后，以联挽之。联语直抒胸臆，感情真切，如泣如诉，此联以抒情见长，可谓一字一调，字字见情，生死离别之情跃然纸上，使人读之扣人心弦，肝肠欲断，实为抒情联中之佳品。

五、章法

章法即指文章的组织结构。一般而言，写对联是无成法可循的。如一旦形成陈规的章法，便会束缚了人们的思维，失去了活力。然一切事物又都有其规律性，鉴于此，古人还是总结出一些带有规律性的东西。一般认为，对联的创作理论及美学原则多遵循诗赋骈句，刘勰在《文心雕龙》中指出："造化赋形，支体必双，神理为用，事不孤立。夫心生文辞，运载百虑，高下相须，自然成对。"这精辟的论述，不仅适用于诗赋骈等文体，自然也是对联的创作理论根据和美学原则。古人对章法的理解，从来就有"只可取意，不可取法，意有真意，法无定法，以古为法，以今为意"的说法（袁枚语）。古人的这一理论，从辩证唯物法的角度去道破真谛。但还是有一家之言，谓诗法之"起、承、转、合"。

对于楹联，上四点是否可行呢？窃以为：短联不必苛求，一些长联，不妨可以借鉴。

因此，懂得一些作诗章法，是做好对联的关键所在。请看徐达为故邸撰写一联：

大江东去，浪淘尽千古英雄，问楼外青山，山外白云，何处是唐宫汉阙
小苑春回，莺唤起一庭佳丽，看池边绿树，树边红雨，此地有舜日尧天

上联前两句从苏轼《念奴娇·大江东去》词中化出，由此引发对祖国山河的怀恋之情，发思古之幽情。此为大处着笔，给读者展开一副风云迭起，辽远壮丽的景象；下联则从小处点墨，从小见大，错落有序，使人观之有物，闻之有声，感情贴切，一"问"一"看"使得起、承、转、合十分得体，叹为观止矣。

总之，对联的章法，要应用灵活，要求周密、完整，布局得体，脉胳清晰，还要做到跌宕有致，那种平铺直叙的写法，是无章法可言的，也很少写出较好的对联。

楹联的特点

对联属于一种凝缩了的文学艺术品类。在众多的文学品类中，对联与格律诗有着极其相近的特征，那就是都以最精巧的语言和有节奏的韵律集中地反映人们的生活而抒发情感。对联与格律诗相比，其实质是相同的，只是形式上有所不同，其实，一副好的对联，就是一首诗，可以说，对联是具有特殊形式的诗。

概括对联的特点，主要分四个方面：一是形式对称，二是内容相关，三是文字精练，四是节奏鲜明。也有人将其称为对联四美，即建筑美、对称美、语言美和节律美。

下面分别介绍对联的四大特点：

一、形式对称

对称，指上下联句的对仗形式，也称对偶形式。对仗，是中国古典文学的一项重要的修辞方法，是对联的魅力和生命之所在。什么是对仗呢？对仗，换言之，就是对偶句的对称。"对仗"一词来源于古代宫中卫队行列（仪仗队），这种行列是两两相对排列，故称对仗。对仗作为一种修辞方式运用到汉语文字艺术中，即比喻用平行的两

句话，成双成对地排列，表达相关或相反的关系。中国古代文学中，对偶句屡见不鲜。不管是《诗经》还是《尚书》、《易经》、《老子》、《淮南子》都有对仗鲜明的佳句，两汉以后的赋体文学，魏晋南北朝时期的骈体文学，唐代以后的格律诗，对偶这一辞格逐渐被人们所掌握，成为古典文学中不可替代的修辞方式。

对仗，是汉语文学的一大特征。中国的方块字，一字一言，本身便为对仗艺术的产生提供了适宜其生长的先决条件。这一特点使得骈文、诗歌、对联这种凝缩艺术千年不衰，具备了强大的生命力。

对联中的对仗是在对联的出句和对句中把同类的概念或相对的概念放在相对应的位置上，使之并列起来，形成联句的对称美。在对联中，对仗方式尤为重要，它是对联艺术的精髓所在。民间有一则关于春联的谜语，这样写着：

两姊妹，一般长
同打扮，各梳妆
满脸红光，年年报吉祥

只言片语，很精到地写出了对联的对称美、建筑美和祝颂吉祥的特点。

对仗形式的产生，来源于客观世界本来具有的相互对立、相互依存的现象，这是一切事物存在的基本形式，这种相互对立又相互依存，启示了文学艺术的对称美，同时也迎合了中国古代阴阳学说中"一阴一阳为之道也"的理论。刘勰在他的《文心雕龙·丽辞》篇中指出，"造化赋形，支体必双，神体为用，事不孤立"，强调了客观事物的对偶状态。刘勰还讲到："丽辞之体，凡有四对，言对为易，事对为难，反对为优，正对为劣。"因为，反对更能反映充满复杂矛盾的客观存在，还能表现作者的辩证思维，更好地揭示事物的本质。

学习写对联，必须掌握对仗方式的基本要求。古人曰："不以规矩，不能成方圆。"前人讲对仗，有明确的原则。《缥湘对类》一书提出"实对实，虚对虚"的基本法则，强调"有无虚与实，死活重兼轻"，这为后来的楹联艺术奠定了基本框架。古人做对仗，又将汉字分为实字、虚字、助字三大类。实字类又另外分出半实字，虚字类又分出活与死两小类，并且又另附半虚字。分类如下：

实字：花、草、林、山、天、地……
半实：力、雄、文、武、光、雷……
虚字(死)：高、新、强、大、精、小……

楹联学问，博大精深

虚字(活)：流、歌、升、斗、照、开……
半虚：上、下、中、内、外、里……
助字：之、也、然、哉、焉、何……

前人对以上这种分类，概括了几句话："无形可见为虚，有迹可指为实，体本乎静为死，用发乎动为生，似有似无者半虚半实。"这种分类方法，比起我们现在的汉语分类，似乎单调而新颖，然而仔细分析，它同现代汉语分类也有相通之处。古人所说的实字，即是我们今天所说的名词；所谓半实，则是抽象名词；所谓虚字部分，活的是动词，死的是形容词；助词，即是虚词，包括介词和连词、助词等。"半虚"则包括较抽象的时间词和形容词。掌握和熟悉古代词分类法，对我们今天研究和欣赏对联很有帮助。

初学对联，最宜先学工对（也称严式对），也就是说，要按同类词对仗成联，下面举例说明：

竹因临水情斯畅
兰以当风气亦和

联句上下第一字"竹"、"兰"均为草木类名词，第二字"因"、"以"均为介词，第三字"临"、"当"均为动词，第四字"水"、"风"均为天文、地理类名词，第五字"情"、"气"均为人文类名词，第六字"斯"、"亦"均为助词，第七字"畅"、"和"二字均为形容词。

但也有一些对仗只是字面相对，并不一定在句法、结构上相同，如下联：

永忆江湖归白发
欲回天地入扁舟

句中出句的"白发"不是"归"的直接宾语，"归白发"实际上是"白发归"的倒装句，对句的"扁舟"则是"入"的直接宾语。

此外，在对仗中，还要考虑你在联中要表达何种感情，你所选择的词是否合乎事物的常理，你所选择的意象是否达到你所表达的艺术效果。因此，两者都要兼顾，不要以辞害义。在偶对中琢字要贴切，古人云"选字无垠，用字有师"即是这个道理。初学者要多看多写，如暂时无好句以对，最好沉淀一段时间再动笔，或放下来，或另

起炉灶。写作的艺术就是提炼的艺术。写作的过程即是提炼的过程，只要多看、多写，就会熟能生巧，出口成对了。

二、内容相关

　　对联，之所以称其为对联，不但在其中需要对仗，重要的还在于一个"联"字，对联不联则不能称其为对联。如果上下联是两个不相关的事物，两者不能照映、贯通、呼应，即成败笔。比如：

　　　　一劳永逸长生乐
　　　　万象回春大地新

　　此联不管从平仄对仗方面，还是从词性方面看，都能说得过去，基本对称，但它却不能算做对联。因为上下联是孤立存在的，不能共同表达一个完整的主题。上联是化北魏贾思勰《齐民要术·种苜蓿》句："此物长生，种者一劳永逸。"下联则是一般春联句，两者没有互相的联系。

　　对联的联系形式多种多样。有的对联不但内容相关，而且在形式上也做到相互关联。如徐树人所撰一副对联：

　　　　惟贫病相兼，乃称寒士
　　　　并钱漕不取，才算清官

　　此联意思是：只有贫病交加，才算寒士；不爱钱，不征税才算清官。上联是陪衬，下联是正意，一"乃"一"才"表示其转折关系。

　　有的对联虽然不用关联词，但可以使人们清楚地看出它表示的因果关系，如雁门关联：

　　　　莫愁前路无知己
　　　　西出阳关多故人

　　上联是因，下联是果，可见它们内部的联系是很缜密的。再请看梁启超和张之洞属对一联：

　　　　四水江第一，四时夏第二，老夫居江夏，谁是第一，谁是第二

三教儒在前，三才人在后，小子本儒人，何敢在前，何敢在后

上联张之洞以"四水"、"四时"为题引出联句，意在提出问题发难。下联梁启超则以"三教"、三才"属对，不卑不亢而对答。上联有意刁难，下联借题言志，上下联呼应有效，在内容上达到了一种完美的契合。

不管是写景抒情，还是怀古咏物，以物言志等，在立意上象意通气，开合得当，要借助比兴手法，放得开，收得拢。不能单纯为写景而写景，为抒情而抒情。请看顾宪成书院门联：

　　风声雨声读书声，声声入耳
　　家事国事天下事，事事关心

上联意在写景，下联却独在言志，两种互不相关的事物相互为用，则上联不单是为写景而写景了，一句"声声入耳"，道破了作者的用心。而下联的"事事关心"则是作者的立意初衷。

三、文字精练

对联之所以从古至今千年不衰，一个很重要的原因就是它文字精练，表现力强，精悍短小，便于传播，对仗精巧，朗朗上口。

对联有极强的表现力，这不仅与中国的语言文字特点有关，更主要的是在于作者对联句进行高度的浓缩和提炼，使其达到比赋、骈文更精练，比诗、词、曲更灵活的特殊文体。它不需要小说的三要素，只要把要说的意思用最洗练、简捷的语言表达清楚即可，如云南昆明西山三清阁联：

　　听鸟说甚
　　问花笑谁

此人以拟人的手法写景，使人联想此地定是鸟语花香、风景秀丽的景区。全联仅用八个字，便精到地概括了花开似锦、群鸟争鸣的自然景观。可谓妙笔生花之句，再如吉林长白山高山亭联：

　　千峰拔地
　　万笏朝天

此联是在说千座山峰拔地而起，直入云汉，又像大臣手中的玉板拱对青天。寥寥数字，把一副祖国的锦绣河山描绘得如此壮美，如果作者没有提炼语言的能力，是绝对做不到的。

四、节奏鲜明

关于对联的节奏，将在有关章节里详细论述，这里仅就节奏与结构及平仄的一些相互关系加以说明。

对联与诗词的不同之处在外在形式上，即对联的字数、篇幅不限，相比之下比较灵活、自由，但有一点必须注意，即对联的上下联的字数必须相等。也就是说，所有的对联字的总数必须是偶数。

对联的节奏是比较灵活的，但它并不是无序可循。所谓的节奏灵活，是说它没有固定的程式，在长联中只要做到大概的平仄交错就可以了，因为节奏与平仄是同气相连的两个方面。至于七言以下的短联，因字数少，要求需严格些，但无论如何，在不因辞害义的前提下，上联尾字须是仄声，下联尾字须是平声。一些名联打破这种常规实为可谅，但我们作为初学者来说，切不可效仿，仍以工对为好。这样，可提高我们的属对水平。

五、平仄相谐

什么是平仄？普通话的平仄归类，简言之，阴平、阳平为平，上声、去声为仄。古四声中，平声为平，上、去、入声为仄。平仄相谐包括两个方面：

1. 上下联平仄相反。一般不要求字字相反，但应注意：上下联尾字（联脚）平仄应相反，并且上联为仄，下联为平；词组末字或者节奏点上的字应平仄相反；长联中上下联每个分句的尾字（句脚）应平仄相反。

2. 上下联各字句内平仄交替。当代联家余德泉等总结了一套"马蹄韵"规则。简单说就是"平平仄仄平平仄仄"这样一直下去，犹如马蹄的节奏。

另外，凡联句中上联用过的字，下联中则不能再用，否则犯了"重字"之忌。联意再好，如犯了重字，则不为美（巧对类联除外）。如"春风化雨，花木逢春"，从词类相对说，可属常对，然联中"春"字两出，为联中一忌，即便词意再美，不可取。

我们把对联的特点编成口诀，以便于记忆：

楹联学问，博大精深

上下联句须相同，
字词失对理不通。
联句有机成一体，
最忌孤立各西东。
杂乱冗长生大错，
意象完美见句工。
节奏轻重分扬抑，
一吟三叹韵无穷。

楹联创作的禁忌

一忌合掌二忌重，三忌失对欠平衡。 第四失替应留意，五为乱脚六孤平。 第七切记三平尾，八忌上重下边轻。 九忌初学用僻典，浅显易懂也求精。

一忌合掌

合掌是指一副对联中，同比或上下比同时出现词义相似、相近、雷同，也就是意思重复的字、词。

一副对联，必须上下比的词语异义相配，才算合格。在作联时，有人误认"词类相对"，以为上下联意思相同才是对仗工整，其实这是犯了合掌的毛病。一副对联不管长短，字数总是有限的，若在有限的空间里重复一件事，还有什么意思？所以，合掌是对联的第一大忌。

比如：

　　　五湖传喜讯；
　　　四海送佳音。

"五湖"与"四海"同指广阔的地域，"传"与"送"意思相似，"喜讯"与"佳音"更是同义词。这样的对联即便是其他方面再怎么好，读起来也让人觉得味同嚼蜡，

就没意义了。

二忌重

重是指不规则重字，有规则重字是巧联，无规则重字是病联。
请看：

> 百鸟鸣春歌盛世；
> 一龙降世兆丰年。

两个世字不在同一个位置上，犯不规则重字。

三忌失对欠平衡

在联语中，结构、词性等应该对应的地方没有对应上，就是失对。失对包括联内节奏失对、数词失对、叠词失对、词性失对等。
例如：

> 奥运精神传友谊；
> 圣火辉煌映和谐。

此联中用"辉煌"对"精神"属于词性失对，即形容词对名词。

四失替应留意

失替也是语病的一种，在同一联（上联或下联）的词语中，平仄应给交替、有规律地出现才对。上联的第2、第4、第6个字应是仄、平、仄，或是平、仄、平；下联的第2、第4、第6个字应该是平、仄、平，或是仄、平、仄。如果不管上下联第2、第4、第6个字出现连续两平或两仄，就叫失替。

五为乱脚

脚，是指上联或下联的最后一字。必须遵守上联仄收尾，下联平收尾，即上仄下平，

违背了这个规律就是乱脚。

比如：

> 九州迎圣火；
> 百载圆一梦。

上下联最后一个字都是仄声，这就违背了上仄下平的规律，读起来很别扭，因为是乱脚，就不符合联律了。

六 孤平

孤平是指平脚句（下联）里，除最后一个字是平韵外，其他都是仄韵，这就叫孤平，上联的孤仄也不可取。

第七 切忌三平尾

三平尾、三仄尾都是对联的大忌，在撰联时很容易被忽视，不管几言联，只要尾部连三仄或连三平，都是语病。

比如：

> 爆竹声声辞旧岁；
> 梅花朵朵迎新春。

"迎新春"三字都是平声，这就犯了三平尾。你不觉得读起来很别扭吗？这也就是对联为什么要求联律，没律的句子就不能给人美感，没有昂扬顿挫的节奏，就不能算对联了。

八 忌上重下边轻

我们知道，一副对联由上下两联组成。如果上联写得气势强盛（重），而下联写得气势软弱（轻），就会给人一种虎头蛇尾的感觉，这就叫上重下轻。上重下轻也是对联的病症之一。

比如：

听铁马声声关山入梦；

看银钩笔笔书画萦心。

此联立意很好，可以用"银钩笔笔"对"铁马声声"，"书画萦心"对"关山入梦"气势上就大大减弱，明显的气势不足，有损整副对联的美感。

如果上联的气势很低，用下联来补倒是可行的。

比如：

南邦庙死个和尚；

西竺国多一如来。

上联就没一点气势，如果下联不能补上，就很尴尬。

九忌初学用癖典

对联用典会增加对联的可观性，使对联显得更高雅。但是若用癖典，使人丈二和尚摸不清头脑就不好了，你不能每人都去解释一遍吧？特别是对初学者，一定要弄清所用典故的来龙去脉，不然会弄巧成拙，贻笑大方！

对于对联爱好者来说，只要认真避免以上九忌，就不愁对不出好的对联。

楹联的词类与词性

对称美是对联的主要特点。所谓对称，除了平仄相对、节奏一致之外，还要做到词类相近、词性相当，结构相似、字数相等。只有这样，才能使作品达到高度完美。反之，则不能称其为一副好的对联。本篇主要谈谈对联中的词性对仗的问题。

要想弄懂词性的属对问题，先要弄清词的分类。古代词类的划分，在上古就已奠定了基础。实词可以分成名词、动词、形容词、数词等类，某个词属于某一词类比较固定，各类词在句子中做什么成分也有一定的分工。在现代汉语中，汉字分为十二大类，即名词、动词、形容词、数词、量词、代词（以上实词）、介词、副词、助词、连词、叹词、象声词（以上称虚词）。古人按照诗的对仗规律，将词大体可分为九类，即名词、形容词、数量词、颜色词、方位词、动词、副词、虚词、代词，其中名词又可细分为十几类。这种划分的方法比较适应于对联的创作。那么怎么才能做到词性相当呢？《缥湘对类》

一书提出"实对实、虚对虚"的原则。也就是说，名词必须对名词，动词必须对动词，形容词必须对形容词，副词必须对副词，助词必须对助词等，各归其类，映衬成趣。但细分，则每类之内品种仍多。如名词有专名、注称；形容词有形容大小、高低、长短、颜色、状态等，许多不同的词以长对短、白对黑为工整；但内容决定形式，若内容可取，属对不妨稍宽。如清倪国琏的古藤书屋联：

一庭芳草围新绿；
十亩藤花落古香。

其中"芳草"之"芳"与"藤花"之"藤"，一为形容词，一为名词；"新绿"之"绿"指的是颜色，"古香"之"香"乃指气味。虽同为形容词，并非一类，从个别对语讲，似欠工整，可从全联角度看，却形象鲜明，音节和畅，被一致认为是"工对"。

比较而言，虚词的对仗似乎比实词要求得宽些。比如有时介词可与副词相对，这不仅因为虚词类的汉字相对少些，更主要原因在于这部分字、词本身词性就很复杂，往往一个字包容几种词性。比如"为"可以做动词，也可以做介词、副词、助词，有时还可以做连词。"向"可以做名词，也可以做介词、动词、副词、连词等。所以通常人们对虚词要求得就不很严格了，能做到虚词对虚词也就可以了。但叹词、助词、象声词却很少与介词、副词、连词相对。

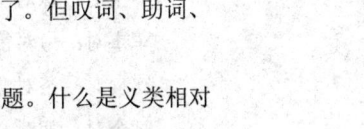

在讲究词类和词性对仗的同时，还要注意一个义类相对的问题。什么是义类相对呢？所谓义类相对，是指将汉字中所表达的同一类型的事物放在一起对仗。古人很早就注意到这一修辞方法。特别是将名词部分分为许多小类，如：

1. 天文（日月风雨等）　2. 时令（年节朝夕等）　3. 地理（山风江河等）
4. 宫室（楼台门户等）　5. 草木（草木桃李等）　6. 飞禽（鸡鸟凤鹤等）
7. 走兽（狼虎象马等）　8. 鱼虫（蛇鱼蚁蝗等）　9. 饮食（茶酒菜肴等）
10. 器物（盆杯壶盏等）　11. 文具（笔墨纸砚等）　12. 衣饰（衣冠巾带等）
13. 形体（身心手足等）　14. 人事（道德才情等）　15. 人伦（父子兄弟等）
16. 珍宝（金银玉珠等）　17. 军事（弓箭刀剑等）　18. 文艺（诗词书画等）
19. 文史（经典史册等）　20. 精神（智愚苦乐等）

另有按其他内容分类法，此处就不一一赘述。

笔者按词类编成部分对句，可使读者更明了一些：

地理对：河对海、地对山、大陆对长天、荒原对沙漠、古塞对雄关。

天文对：冰对火、雪对霜、海市对山光、星辰对日月、瑞雪对骄阳。

楹联大全

颜色对：红对白、紫对缃、黑桦对白杨、青竹对绿柳、墨兰对珠黄。
方位对：南对北、西对东、六极对八风、五湖对四海、边塞对围城。
数字对：一对二、百对千、两两对三三、千年对万寿、独木对群山。
花木对：桃对李、菊对兰、玫瑰对牡丹、绿茵对红叶、白芷对橙柑。
飞禽对：鸥对鸟、枭对鹏、白鹤对黄莺、杜鹃对喜鹊、燕舞对鸱鸣。
走兽对：熊对象、马对羊、狡兔对贪狼、雄狮对猛虎、牛仔对猴王。
鱼虫对：蜂对蠓、蛾对虫、蝼蚁对鱼龙、河龟对海蚌、蝴蝶对蜻蜓。
人伦对：夫对妇、臣对君、祖宗对玄孙、同志对朋友、家族对外亲。
文学对：词对赋、曲对文、五典对三坟、楚辞对史记、诗品对文心。
感情对：愁对乐、喜对吟、和气对知心、涌泉对滴水、思绪对情思。

精神对：痴对智、佞对昏、颓废对沉沦、修身对养性、刻骨对铭心。
人事对：公对私、言对行、协作对竞争、生活对劳动、长辞对永生。
文史对：经对史、古对今、后汉对先秦、伏羲对盘古、忠臣对昏君。
形体对：面对首、毛对肌、口舌对心脾、饥肠对傲骨、夺目对画皮。
宫室对：楼对阁、户对窗、皇室对民房、茅庐对寺庙、巨厦对中堂。
珍宝对：珠对玉、锦对珍、绿翡对白银、琼瑶对玛瑙、紫贝对黄金。
军事对：弓对箭、将对兵、烽火对狂旌、楚歌对剑气、画角对长城。
饮食对：茶对酒、盐对油、瓜果对米粥、山珍对海味、熊掌对猴头。
时令对：朝对夕、暮对晨、白昼对黄昏、中秋对元旦、去暑对立春。
文具对：棋对纸、笔对琴、泼墨对撰文、砚池对书案、七彩对八音。
衣饰对：巾对带、衣对衫、木屐对华冠、袈裟对襁褓、项链对耳环。
虚词对：然对也、之对乎、而已对斯夫、无非对是否、矣哉对再如。
副词对：还对再、就对将、偶尔对时常、方才对恰巧、必定对应当。
连词对：及对与、而对或、除非对倘若、虽然对即使、因为对如果。
介词对：同对往、被对朝、由于对沿着、自从对为了、除了对依照。
助词对：的对地、啦对吧、罢了对是吗、哎哟对完了、似的对等着。
叹词对：嘿对喂、哦对啊、嘿喽对哇啦、哎呀对嗨哟、哼哼对哈哈。
象声词对：轰对嗡、对哗、叮咚对乒乓、吭对扑哧、唏哩对哗啦。
联绵对：阡对陌、貅对貔、璀璨对旖旎、氤氲对滟潋、翡翠对琉璃。

在对联的对仗类型中，有工对、宽对的区别。工对，即指同类的词或相关的词相对。如上边讲到的按类别属对即为工对。宽对，即指词性相同，句法结构相同的对仗。

然而工对不见得就是好联，宽对有的不乏为上乘之作。要说明一点，颜色对、方位对、数词对、虚词对和动词对，必须严格按同类对仗，否则为失对。特别是动词，如造成失对，势必使上下联句子的结构发生变化，其他词对得再好，也算失对。另外，有些常用名（如人名、地名、国名、书名等）也应从严对仗。另外还有一种所谓的邻对，它指门类相临近的字词可以互相通对。邻对一般比宽对严格，但又不如工对那样整齐精密。下面是可以通对的门类：

1. 天文与时令　　2. 天文与地理　　3. 地理与宫室
4. 宫室与器物　　5. 器物与文具　　6. 器物与衣饰
7. 衣饰与饮食　　8. 文具与文学　　9. 植物与动物
10. 形体与人事　11. 人伦与代名　12. 疑问代词与副词
13. 方位与数目　14. 数目与颜色　15. 人名与地名
16. 同义与反义　17. 同义与连绵　18. 反义与连绵
19. 副词与介词　20. 连词与助词　21. 介词与助词
22. 叹词与助词

名词对

即在联语中重用名词的作用，表示人或事、物名称的词。如：人、马、花、月、天空、北京、中国、头、今天、爱情、道德、小麦、星期天……请看：

诗写梅花月；

茶熏谷雨香。

在精练的联语中，名词占去十分之八，只有"写"、"熏"二字为动词。作者以简约的语言，描绘出了一副春天的画面，其构思之精巧，立意之独别，实不多见。

看著名画家黄宾虹的一副联：

　　心肠铁石梅知己；

　　肌骨冰霜竹可人。

黄宾虹不光画画得好，联也写得奇绝。联语是说铁石性格如梅，冰霜品质似竹，作者巧妙地运用名词的作用，干净利落，不拖泥带水，立意精工，非常人可比。

再看傅山写的一副联：

> 竹雨松风琴韵；
> 茶烟梧月书声。

此联皆以名词入句，却深得意境，不禁使人想起"白马秋风塞北，杏花春雨江南"之佳构。可见，撰联工在意境的开发，如无意境，再好的辞藻也不会辟出新意。

动词对

即在联语里重用动词的作用，表示陈述人或事物的动作情况变化和其他活动的词。如：走、笑、有、在、飞、写、起来、上去、观念、悲欢、存在、发展等。

北京潭柘寺有一副写弥勒佛的佳联：

> 大肚能容，容天下难容之事；
> 开口便笑，笑世间可笑之人。

联语重用动词"容"、"笑"二字，把弥勒佛大肚笑口、笑容可掬的形象描绘得一览无余。上联写外貌形态，下联写内心情态，"容"、"笑"二字分别三出，用字精到，层层迭进，通俗谐趣，发人深省。

形容词对

即在联语中注重对形容词的作用（形容词表示人或事物的形状、性质或动作、行为的状态的词）。如：高、白、好、快、暖和、活泼、恳切、优秀……

请看赖少其为无锡鼋头渚诵芬堂所撰一联：

> 湖阔鱼龙跃；
> 山阴草木香。

作者在简练的联句中，竟用了四个形容词，以"阔"饰"湖"，以"跃"饰"鱼龙"，以"阴"饰"山"，以"香"饰"草木"，连贯自然，与景物相配，十分得体，无见雕琢。

数词、量词对

数词是表示数目多少和次序先后的词,基本数词有零、一、二、三、四、五、六、七、八、九、十、百、千、万、亿;组合数词有十一、九十九、一百八十六、五十年、二十世纪、七月一日等;表示次序先后的如第一、第二、初五、第六等。

量词表示计算人、事物或行为数量时所用的单位。主要有度量单位:尺、寸、里、升、斗、斤、两等;个体事物单位:个、只、件、根、本、间、种等;集体事物单位:独、双、对、打、群、诸等。还有一种词称动量词,数目较少,有次、队、回、遍、道、下、阵、遭、趟、顿等。物量和动量经常要同数词一起用。数词和量词连用的时候称数量词,如三斤、一双、十回等。

数词和量词在对联中有着特殊的意义,其主要作用有:创造形象和意境,加大对联难度,进行数学运算,连续嵌入自然数等。

请看苏州闲吟亭联:

千朵红莲三尺水;
一弯明月半亭风。

此联以白描手法写景,似不加半句渲染,然细心看去,便知作者在其中有意创造了意境。千朵红莲衬托三尺湖水,一弯明月设置半亭微风,岂不是一幅绝美的园林风景画?这其中,千朵、三尺、一弯、半亭在联内所起的作用,就不言而喻了。

代词对

在汉语中代替名词、动词、形容词、数量词、副词的词,称为代词。代词分为人称代词:你、我、他、咱们、自己等;疑问代词:谁、哪、什么、怎么、多少、多么;指示代词:这、那、这里、那么、这样。古汉语文言虚词的其、何、孰等也为代词范畴。

太平天国翼王石达开曾为一家理发店写过一联:

磨砺以须,问天下头颅几许;
及锋而试,看老夫手段如何。

作者语意双关,虽包含杀机,却耐人寻味。联句以疑问式处理,巧用疑问代词"几许"、"如何",如向世人证明手段,显出作者英武、洒脱的英雄气概。

请看金圣叹所撰一联：

> 真读书人天下少；
> 不如意事古今多。

此联尾的一"多"一"少"，道出了世间的两大道理，天下读书之人多矣，然真读书人甚少，强调一个"真"字。人生在世，"不如意事常八九"，道出了世途的艰难。二者类比，以多少量之，也引人深思。

介词对

即放在名词、代词或名词性的词组的前边，合起来表示方向、时间、处所、方式、对象等意义的词。如：从、自、往、朝、当、到、于、在（方向、处所、时间）；把、对、同、为、跟、连（对象、目的）；以、按照（方式）；比、跟、同（比较）；被、让（被动）。在古文里，与、以、于、为、所等属于介词范畴。介词在汉语中不能单独使用，也不能重叠使用，其必须用在名词或代词的前边。且看：

> 与有肝胆人共事；
> 从无字句中读书。

联句首字"与"、"从"为介词，是介绍与什么人共事、从何处读书的道理。用语精练、直接、自然，给人以鲜明、清晰的感觉。

请看山东曲阜孔府门联：

> 与国咸休，安富尊荣公府第；
> 同天并老，文章道德圣人家。

联句字"与"、"同"、"咸"、"并"均为介词。

副词对

副词是用在动词、形容词前面，起到修饰和限制的作用，但不能修饰和限制名词。如表示时间、频率（已经、曾经、正在、立刻、忽然、终于、一直、永久、才、就），

楹联学问，博大精深

表示程度（很、更、越、最、太、更加、非常、特别、稍微），表示范围（都、全、总、只、统统、仅仅），表示重复、连续（又、再、还、尚、犹），表示语气（可、却、竟、决、倒、竟然、难道），表示否定、肯定（不、设、必、许、没有、必定、也许）。在古文言文中，已、犹、则、也、有、可等均为副词范畴。

请看长沙天心阁联：

> 四面云山都到眼；
> 万家忧乐最关心。

联句中第五字"都"、"最"为副词，纵观全联，二字在其中起到了不可替代的作用，如若省略了此二字，整个对联便索然无味了。

助词对

助词系独立性最差、意义最不实在的一种虚词，多用在词、词组、句子后边起辅助作用。助词包括结构助词（的、地、得、所）；时态助词（了、着、过）；语气助词（呢、吗、吧、啊），另外，所、着、等、似也属于助词，古文言文中之、乎、矣、也等属于助词范畴。虽此类词独立性最差，但它在语言中却起到非同小可的作用。有的联句因一字之差，则谬之千里，使用得好，可使联句增色，情趣盎然。

连词对

能够将两个词或者两个语言单位连接起来的词叫连词。如：和、与、而、同、跟、及、并、或、以及、不但、并且、或者、而且（连接词和词组）；不但、虽然、既然、要是、如果、假使、倘若、只要、除非、即使、因为、不论、不管、尽管、而且、可是、但是、然而、况且、所以、因而、因此、于是（连接句子）。古文中的而、与、则、乃、然等属于连词范畴。

叹词对

叹词，即表示强烈感情的或者表示呼唤应答的声音的词。它一般不同别的词发生组合关系，通常在句子的前边独立存在。在对联中，叹词的应用不是很多，在一般的

诙谐联中偶有使用。

请看下联：

咦，哪里放炮；
哦，他们过年。

据说这是一副云南某村土地庙联，作者借土地神之口，发表感叹，像土地神在过年之际看人间一派热闹景象之时的自语的写照。作者似乎在写土地神的孤寂心态，批驳了人间不似仙境的迷信观念。

有人曾写过这样一幅对联，以讽刺那种对母、对妻两种面目的人，联曰：

老母任磕头，哎哎哎，嗳嗳嗳；
娇妻只努嘴，哦哦哦，噢噢噢。

一串简单的语气词，像一副漫画，活画出两副迥然不同的面孔，惟妙惟肖，再加之上联一个"任"字，下联一个"只"字，使其形成鲜明的反差。

楹联的音律与平仄

从先秦的对偶句发展到汉、南北朝时期的赋、骈俪，文人们逐渐感觉到音律在赋、骈文中的神奇作用，人们开始对对偶声律注重考究。后来，沈约、刘勰声律说的出现和传播则是对联日益走向成熟的催化剂。

沈德潜认为："诗以声为用者也，其微妙在抑扬抗坠之间。"刘勰在《文心雕龙·声律》中说："凡声有飞沈，响有双叠。双声隔字而每舛，叠韵杂句而必睽。沉则响发而断，飞则声飏不还。并辘轳交往，逆鳞相比，迂其际会，则往蹇来连。"刘勰对音律说得比较清楚生动，他主张飞沉交错运用，即把平仄调配得像井上的辘轳的绳子一下一下，回环往复；像龙鳞有逆有顺，紧密排比，相反相成。清代钱大昕在其《潜研堂文集》中说沈约等人是"欲令一句之中平侧（仄）相间耳"。沈约说："十字之内，颠倒相配。"这些论述为后来的对联理论奠定了基础。

在对联中，平仄律犹如它的双腿，一平一仄，就像人左右脚走路一样，要保持平

楹联学问,博大精深

衡才好,平仄律是从文学音律的角度对汉字声调的分类。古汉语将汉字分为平、上、去、入四个声调。平,所指的就是古汉语中的平声;仄,所指的是古汉语中的上、去、入声,因为按照四声原理,入声字与平声字的音频相差甚微,而平声的谐乐范围都在入声的谐乐范围之内,所以,到了元代以后,在北方入声逐渐消失,化入现在的二声和四声之中,平声又分出阴平和阳平两大类,后逐渐衍化成近代的阴平、阳平、上声、去声四个声调,人们将它称为新四声,凡声调为阴平、阳平(指标准拼音一、二声)的称为平声,凡声调为上、去声(即标准拼音三、四声)的称为仄声。

"击、说、积、极、习"在古汉语中均属入声字,虽然现在已入阴平、阳平之中,但论及平仄时,仍应属仄声。入声字的特点是读起来有短、促、急、收、藏的感觉(现在我国江南的一些地方,如闽南方言,仍保持着这种发音方式,他们对入声字并不难辩认)。利用不同声调的意态,交错排列成句,就形成平仄律。将这种平仄律应用于不同的文学体裁之中,就使文学作品有了抑扬顿挫的音乐感。

《康熙字典》上载一首歌诀,即说明四声的读法,其歌曰:"平声平道莫低昂,上声高呼猛收藏,去声分明哀远道,入声短促急收藏。"根据这一原则,人们将所有的汉字统统分成两大类,即一平一仄,非平即仄。这就形成了汉字的对立和统一。一平一仄,也就是一阴一阳的关系,平扬仄抑,平清仄浊,平长仄降,平悠长仄短促,平和缓仄急剧。平仄相替、节奏方出,节奏出则韵步起,由此形成了汉语的音韵美。联句不但同句平仄要交替,上句和下句也同样要交替,就是说上句用了平声字,下句相对应的位置必须用仄声字与之相对,反之上联用仄声,下句则必须用平声。这样,就形成了字音的对立统一,有了字义的对仗,又有了字音的对仗,就形成了联句结构的参差美,读起来便琅琅上口,抑扬顿挫,铿锵有度,韵味和谐。

现代诗歌理论家李汝伦说:"字声的平仄合乎音乐的配置,使诗词具有了独立性。""可以吟而不唱,可以唱而不吟,也具有音乐美,即使动眼不动口,在眼中出现文字,也能显示它的铿锵扬抑,因为有通感在起作用。"

联诗同源,它们有着密不可分的关系。一副对仗工整的联句,酷似律诗中的颈联和颔联,律诗在平仄对仗中讲"一、三、五不论,二、四、六分明"。这一规则对于对联依然适用。就是说,第一、第三、第五字可平可仄(按规矩对当然更好),第二、第四、第六字必须按平仄格式对出,否则,便犯了孤平的错误。

现将五言、七言对联(同样是律诗的)平仄格式列举说明如下。先看长沙爱晚亭联:

西南云气来衡岳

日夜江声下洞庭

这是一副平起仄收式联,如将此联按平仄写出,即是:

平平仄仄平平仄
仄仄平平仄仄平

再看峨眉山万年寺联:

海到天边云是岸
山登绝顶雪为峰

这是一副仄声起头式联,如用平仄调写出,即是:

仄仄平平平仄仄
平平仄仄仄平平

以上是七言字联格式。

最后再说六字联的格式。六字联的格式比较松散,归纳起来,大致分为两种,第一种格式为:

平平仄仄平仄
仄仄平平仄平

如章均所撰联:

慎言语节饮食
蓄道德能文章

第二种格式为:

仄仄平平平仄
平平仄仄仄平

如某一园亭联:

楹联学问，博大精深

竹雨松风梧月
茶烟琴韵书声

以上格式，为一般式。但什么事物也不是绝对的，如一些趣联巧对，则可打破原有格式。这里不一一赘述。

我们说一副联是平声起头还是仄声起头，并不是去看第一字，而是要看第二个字，因为汉字多以两字为一个音节，而且音节的重点一般落在第二个字的上面。两字一停顿，一字一煞尾（有的也以两个字煞尾的）。两字为一顿叫双音步，一字一顿叫单音步。顿是音节单位。

我们说"一、三、五不论，二、四、六分明"的原则有时也要灵活一些，律诗在这方面有很多说法，这里不再论及，只就一般现象加以说明。

1. 一、三、五不能不论

例如在上面所举的峨眉山万年寺联中，下联是"平平仄仄仄平平"，第五字必须是仄，如果改成平声字，那么就变成"平平仄仄平平平"，句末连用三个平声字，叫"三平调"，是对联中的大忌，是绝对不允许的。还例如在长沙爱晚亭联中，下联是"仄仄平平仄仄平"，第三字就必须用平，而不能不论，如用了仄声，句子就变成了"仄仄仄平仄仄平"，除了韵脚以外只有一个平声字，导致字的平仄、阴阳不平衡，这又犯了孤平的毛病。在诗歌中，孤平是可以救的，救的办法是将出句中的第五字由仄变平，这样就成了"仄仄仄平平仄平"。

2. 二、四、六有时可以不分明

例如，在峨眉山万年寺联中的上联，第五字原为平，如果用了仄，那么第六字就要由仄改为平（为救）。即全句变成"仄仄平平仄平仄"（注意在这种拗的情况下，本句七言的第三字或五言的第一字必须是平声）。再例如在长沙爱晚亭联的上联中，第六字也可不用平而用仄（拗），其条件是对句的第五字不用仄而用平（救）。这样全联即成为：

平平仄仄平仄仄
仄仄平平平仄平

以上这些律诗平仄的一般规则，在写对联时，值得借鉴。

平仄对仗，是指对联的上联与下联的平仄音律相对而言。具体到对联的上下联本身，也有一定的要求，比如：平声和仄声必须交替使用，既不能只用平声，也不能只用仄声。因为平仄的作用是掌握声调平衡的关键。如平仄单调，就会造成声调的枯竭、失调，读之也觉得吃力、不舒服。还有，如果上联和下联是几个短句组成，则必须在每个短句之间，形成平仄交替的效果。即上一个短句的末一个音步与下一个短句的头一音步，要平仄交替。

例如九江烟水亭联：

烟柳有情，骀荡春光，风籁更吹晨笛起
水天无际，澄鲜秋色，月明远共夜珠来

上联的第一个短句中的"有情"音步为平平，那么接下来的二个短句中的第一个音步的"骀荡"必须是仄仄，其他处都必须是如此处理，我们通常把上下联的平仄相对称为相拗，以上这种平仄交换称为交替。一副好联，必须做到上下相拗，句中交替，才能产生轻重、缓急、回旋的音乐感，吟诵时会给人以美的享受。

我们说上下联平仄反要相拗，这是以上联交替为前提的，上联是依据，下联是协从，但有时在征联活动中出句是下联，这样对句就是上联了。

对联出、对句各分句的最后一字称"句脚"，也称"腰眼"，是平仄运用的关键所在，一般必须平仄相拗。请看成都武侯祠联：

勤王事大好儿孙，三世忠贞，史笔犹褒陈庶子
出师表惊人文字，千秋涕泪，墨痕同溅岳将军

上下联尾字，多为上仄、下平，视为正格。因仄声字短促有力，平声字舒缓悠扬，仄声收上联，声调抑而顿，给人以言犹未尽之思；平声收下联，声调扬而舒，令人发余味无穷之感。但有个别的联不是上仄下平，而是上平下平，或上平下仄或上仄下仄，视为变格。这往往是由于内容所限或是某种需要，多不采用。如成都杜甫草堂联即上平下平式：

柯如青铜根如石
花为四壁船为家

奉节白帝城武侯祠联，即上仄下仄式：

自任以天下之重如此

楹联学问，博大精深

是知其不可而为之与

泰山壶天阁联为上平下仄：

登此山一半已是壶天
造绝顶千重尚多福地

另外，对联要避免"三同调落脚"，即上联用三仄声收尾，下联三平声收尾。总之，"失替"、"失对"、"同声收尾"、"上平下仄收尾"、"三同调落脚"都属于影响对联节奏美的失调现象，初学者应该尽量避之。

楹联的用典与出新

顾名思义，用典这一手法，就是在对联中运用典故。什么叫典故呢？简言之，典故就是出于古典书籍中的轶事、趣闻、寓言，传说人物或有出处的诗句、文章，都可以当作典故运用。我国旧体诗文中多喜用典，对联亦如此。但对联不一定都要用典，不少对联因为用典而使其光彩夺目，文情隽永。如用典不当，也会使作品褪色。用典要讲技巧，必须做到恰当合理，有的放矢，过分和不及都将成为败笔。

（一）用典要有思想性

如郑板桥为苏州网师园濯缨水阁写的一联：

曾三颜四
禹寸陶分

曾即孔子弟子曾参。他说过："吾日三省我身，为人谋而不忠乎？与朋友交而不信乎？传不习乎？"意思是每日反省自己的忠心、守信、复习三个方面，此为"曾三"。"颜"为孔子弟子颜回，他有四勿，即"非礼勿视，非礼勿听，非礼勿言，非礼勿动"。故称颜四。"禹寸"，是说大禹珍惜每一寸光阴。《淮南子》谓："大圣大贵尺璧，而重寸之阴。"陶分，指学者陶侃珍惜每一分时光。他说过，"大禹圣者，乃惜寸阴，

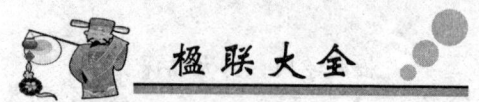

至于众人，当惜分阴"。郑板桥化古人之名言，以最简练的语句，囊深邃之内容，此联在于激励人们，珍惜时光，思想积极，值得效仿、学习。

（二）用典要准确

用好典故，可起到画龙点睛的作用。然而，必须做到用典准确，切不可典义失调。请看小凤仙挽蔡锷联：

> 不幸周郎竟短命
> 早知李靖是英雄

袁世凯本想利用小凤仙以磨练蔡锷心志，但小凤仙与蔡锷相识后，结为知音，爱憎同道，视为患难知己，后来小凤仙冒险救蔡脱身，完成倒袁大业。不幸蔡病逝，作者将蔡比周郎岁在青年而夭，又暗喻袁世凯是曹操，用典贴切；下联将自己比做红拂，将蔡锷比做李靖。两喻中人物同是在政治上做过一番大事业的英雄，所以此联用典贴切、自然，令人生发联想。

（三）用典要新颖

典故是静态的，用典贵在活用，可使典故鲜活起来，给读者以新鲜、真实、完美的感觉。这就要作者在创作过程中将自己的主客观意识融进典故中去，使它具有独特的韵味。

如中央文史研究馆馆长马一浮赠毛泽东联：

> 旋乾转坤，与民更始
> 开物成务，示我周行

这副联用了四句成语，"旋乾转坤"出自韩愈《潮洲刺史谢上表》一文，这里是说毛泽东领导中国共产党和全国军民打败日本帝国主义和国民党反动派，建立了新中国，从而发生了翻天覆地的变化。"与民更始"出自《汉书·武帝纪》，这里是喻毛泽东带领全国人民改造旧的社会面貌，除旧布新。下联的"开物成务"出自《易经·系辞上》，这里是说毛泽东通晓万物之理，按理办事，从而得以成功。"示我周行"，出自《诗经·大雅·鹿鸣》，这里是说毛泽东为全国人民指出了很好的建设新中国的方法和道路。这些典故，一字不改，现成照搬。整个对联对仗极其工整，气魄宏大，用典贴切，出语自然，既是用典之妙品，又是集成语联之佳作。

成都武侯祠联写得出人意料：

能攻心则反侧自消，从古知兵非好战
不审势即宽严皆误，后来治蜀要深思

作者赵藩借鉴清末岑春煊、刘秉璋先后任四川总督，其一宽一严、尽失其度，终至失误的教训，托出诸葛亮的治蜀之道，针贬时政，颇有余味。赵为岑春煊老师，联语一语双关，明写诸葛亮治蜀之功，暗示岑治蜀之过，致使岑后来迷路得返，当归功于此联之妙力。此联作为墓祠联，不见悲寒之色，用典奇绝，笔法乃联中稀品。毛主席当年游武侯祠时，对此联极为赏识。

下面谈谈用典的几种方式：

1. 拈用

将古诗文中的原话照搬或稍加改动而成联，称拈用。

如杭州岳庙联：

天下太平，文官不爱钱，武将不惜死
乾坤正气，在下为河岳，在上为日星

上联引自岳飞的话："文官不爱钱，武将不怕死，则天下太平矣。"只将顺序颠倒一下，属拈来之笔，下联引自文天祥正气歌："天地有正气，杂然赋流形，下则为河岳，上则为日星。"只改动几个字即翻成新联。

2. 掇合

在一联里，将不同作品中的互不相干的两个（或两个以上）典故掇在一起，为同一主题服务，即称掇合。

如安徽霍山县韩信祠联：

生死一知己
存亡两妇人

此寥寥十字，便全面概括了韩信一生中的重大经历。上联"生死一知己"，是说韩信得以重用及后来谋反被识破者，均为萧何一人。世人说"成也萧何，败也萧何"

此理也。下联是说，韩信在早年因家贫挨饿，幸被一洗衣妇人救助，才保全生命。后韩谋反被捕，被吕后所杀，存亡都在两个妇人之手，即是下联的含义。

3. 出新

出新即用原来的典故翻出新意。

如河南南阳卧龙岗诸葛庐联：

　　心在朝廷，原无论先主后主
　　名高天下，又何辩襄阳南阳

据传此联为清代咸丰年间的南阳知府顾嘉衡所做。有关部门对茅庐的所在地，多有争议，一说在湖北襄阳的隆中，一说在河南南阳。顾嘉衡是清襄阳人，当时他正在南阳任职，地方人士要他证明茅庐的出处，顾颇感为难，于是便撰写一联于卧龙岗处。意思是说既然诸葛亮对政事鞠躬尽瘁，死而后已，他的功绩扬名天下，又何必去为茅庐这一小事而争论不休呢？此联句显示了作者的大度胸怀。

4. 脱化

脱化即用典用得着不形迹，使典故原来的风貌不易被人察觉。

例如湖南岳阳楼一联：

　　四面湖山收眼底
　　万家忧乐到心头

此联乍看不见用典，其实不然。下联应是将范仲淹的名句"先天下之忧而忧，后天下之乐而乐"的意思脱化，重在"忧乐"二字。二字关情，用得极巧。

5. 改造

改造即对所用典故的内容做一番改动，以为己用。

请看下联：

　　不明才主弃
　　多故病人疏

传说此联为清代大学士纪晓岚所做，因他的府上人多次被庸医所误，故对不学无术的庸医恨之入骨。为此，他将孟浩然的诗句"不才明主弃，多病故人疏"改变成一幅嘲讽庸医的妙对。按原诗的意思是说，因为没有才华而不被当权者重用，因为身体多病，连老友也疏远了。改联不变一字，只调换了"才"、"明"、"病"、"故"四字的位置，意思则变成为由于庸医所致遭财主嫌弃，由于总出事，故病人都不来求医。可称神来之笔，令人称奇。此为改造典故的很好范例。当然，对用典的改造，不仅在于动字，有的可用原意，有的反其意而用等。这要作者通晓典故，掌握好用典的分寸及典故的内涵及外延特点，才能得心应手，改出新意，不落俗套。

6. 修饰

修饰即摘取原文中、诗词中的句子加以修正，以符合对联的要求。

下联是清末秀才许经明为明诚学校所题之联：

明以辩之，学以聚之
诚者成也，校者教也

联中四小句，形成字句对，集引对，联首二字藏"明诚"二字，以誉明诚学校之意，后半句首字冠"学校"二字，主语诚、校与谓语成、教分别构成叠词，妙趣横生。上句"明以辩之"，出自《礼记·中庸》原句为"博学之，审问之，慎思之，明辩之，笃诚之"，在明辩之句中加一"以"字。"学以聚之"语出《易经·乾卦》：君子"学以聚之"。下句"诚者成也"，出自《礼记》，原文为"诚者，自成也"，删去一个"自"字。

"校者教之"出自《史记·儒林传》正文。上句的意思是说，学者要对所学知识必须加以分辨以求其解。学者以学而聚，亦学问之聚处。下联的意思是说教育十分重视"诚"，只有讲诚，方成大器。联语典雅自然，主意深邃，堪称奇绝之作。

（四）用典要照应主题

做对联，不仅形式上要对称，内容上更要讲对称，用典时特别要注意它的对称形式，即文与义的关系。如上下句使用两个或两个以上的典故，典故之间内容要和谐，性质要对称，不要生拉硬扯。典故的引用必须服务于主题，这是关键。因为用典的作用是让人们从典故中更深刻地领悟联语的旨意。如果用典失误，文义错节，题典失调，必然使读者误入歧途。

如庐山白鹿升仙台（又称街碑亭）一联写的与内容十分贴切：

故从此处寻踪迹
更有何人告太平

史传，朱元璋与陈友谅大战之时，有一名叫周颠的疯和尚，于南京处唱太平歌，歌词大意是说："朱元璋当了皇帝，天下会得太平。"朱听说后，派人将其招至军中，随军而行。在朱元璋横渡长江时，狂风大作，兵马难行。周颠立于船头，向天大叫数声风雨骤止，顺利渡江，后周颠告辞要走，朱元璋问去何方？周答：我是庐山竹林寺僧人。后来人们传说他在仙人洞北竹村等处骑白鹿升天而去。朱元璋为他在此建升仙台和御碑亭。此联之妙，在于它全面地将故事化在联内，文辞紧扣主题，语言平中具奇，非大家所不能为。

（五）用典要自然得体

要明白用典不是点缀作品更不是炫耀文采，卖弄风骚。用典只是一种手段，为了达到作者所要表达的目的。作品是给人看的，用典必须做到不生涩、不枯燥、不失度、不牵强。中国历史典故浩若烟海，我们用典的范围毕竟有限，使用典故必须避免那些生涩、偏颇、繁乱、含义不清以及不称为典故的"典故"入联。更不能随意串联一些成语、典故或者人名以成联，使人读之生厌或不知所云。典故要给人以美感，要成为点睛之笔。

如蒲松龄的镇纸铜条联写得就十分成功：

有志者，事竟成，破釜沉舟，百二秦关终属楚

苦心人，天不负，卧薪尝胆，三千越甲可吞吴

联语中连用两个典故，上联借用项羽救赵过漳水后，沉船、破釜、背水一战，终获大捷的典故，无半点雕琢之感。下联借用越王勾践卧薪尝胆苦熬十年，绝不罢休的顽强意志和远大志向。

（六）用典要积极上进

典故是几千年文明史给我们留下的宝贵财富，但由于它产生于封建社会，有的典故有很浓郁的封建落后色彩，如"人生如梦、攀龙附凤、黄金屋、男尊女卑、黄道吉日、盖棺论定、金榜题名"等，用这些词时必须慎之又慎，否则会陷入封建思想的团圆之中。古为今用必须注意思想性和政治性。毛泽东是用典的高手，在他的诗作中，典故屡见不鲜，像吴刚、嫦娥、孙大圣、唐僧、神女、湘妃、牛郎、盗跖、玉皇、五帝、孔子、陶令、曹操、霸王、秦皇汉武、唐宗宋祖，在他的笔下运用得十分自如、自然。例如，

"金猴奋起千钧棒,玉宇澄清万里埃";"云横九派浮黄鹤,浪下三吴起白烟";"宜将剩勇追穷寇,不可沽名学霸王"等,都是脍炙人口的联句。如何做好对联,无捷径可走,必须平时多读一些名诗、名句、名联,久而久之,会得悟其真谛。多写,首先应在多读的基础之上。总之,在用典方面要提高自己的创作出新的胆识,不要在别人的陈词滥调中爬行。这是我们的写作水平得以提高的关键所在。

巧对联

巧对联出句往往比较刁钻、险奇,难度较大。自古以来,文人墨客多以巧对炫耀自己,或流于文字游戏。但其中也不乏妙笔佳句,在浩瀚的楹联沧海中,工巧联以其独特的风采流传于世,受到人们的厚爱。

北宋史学家刘攽曾与司马光同修《资治通鉴》,一次宰相王安石有意难刘,即出上联,让刘出对,不料刘未被难住,反而精致巧妙地对出下联:

　　　三代夏商周
　　　四诗风雅颂

对句即不能言三,又必须嵌入三个字以出对,当然难度很大,巧在刘从《诗经》分类中找到蹊径。风雅颂中的雅又分大雅、小雅,故称四诗。雅是对大雅、小雅的浓缩,但不失其意,乃绝妙之笔。

又如下面一副对联:

　　　五行,金木水火土
　　　四位,公侯伯子男

这是几个秀才合谋出句难丘机山的对联。丘机山,宋初人,以滑稽闻名于世。丘出奇致胜,巧对此联。下联巧借孟子话"公一位,侯一位,伯一位,子男一位"四位对五行,不可多得。

还有下联更是对工精妙,也属巧对之列:

　　　重阳谷

端午桥

　　此联乍看是一副地名对,其实是一副姓名对。端午桥名端才,号午桥,他任直隶总督时,正好有一个旗人名重阳谷的,他发现后觉得很有意思,说重阳谷可与我端午桥作成一副佳对。这副对联有几个巧合之处:首先是"重"、"端"均为旗姓。拆开看,"重阳"、"端午"都是节日名,一个重阳九月九日,一个端午五月五日,九五相配,正合九五传统阳数。《易经》:"九五,飞龙在天,利见大人。"可见重阳、端午暗含九五大吉之数。再者"谷"、"桥"均属地理名词,"谷"与"桥"连相辅相承,三者上下联平仄协调,完全符合联的一般要求,因此,从技巧方面看,这确是一副难得的姓名佳对。

LIAN LIN QI ZHEN YUE MU SHANG XIN

联林奇珍,悦目赏心

楹联在中国有着悠久的历史文化,在它的发展演化过程中,出现了无数的奇人,对出了无数奇联,令人拍案叫绝。相信,大家一定早已忍不住一睹为快,那么,还等什么?

应答联

应答联多由两人对答而得，此类联多为即兴而发，或友好问答，或调侃对答，或相谑巧答，或传情应答，这类联应用范围很广，名联佳作比比皆是。

请看下联：

　　万马无声听号令
　　一牛独坐看文章

此联背后隐一则故事。据说清代某年浙江大考，朝廷派去了一位姓牛的主考官。此官向来以出怪题出名，考生们为此暗自叫苦。这次果然出了一个很怪的考题，像是一个对联的出句：

　　万马无声听号令

这句话化自欧阳修的一首诗："万年不嘶听号令"，考生们对原意不熟，所以无处下笔，这时一位考生大声说道："诸君不必苦苦思索了，下句我告诉你们吧！"他以对联的形式对出了下句：

　　一牛独坐看文章

这句下联显然是在讥笑主考官，这位考生将考题做了出句处理，峰回路转，出其不意，这是在特殊环境下产生的作品，也属难得之作。

乾隆年间，有一次会试，陕西人王某夺得榜首，学子们有些不服气，于是他们决定出一难对的上联，要王某属对，想借此揶揄一番，最后决定出此联：

　　泰岱千峰，孔子圣，陵园子贤，自古文章传东鲁

谁知，那位王某也不是等闲之辈，他见上联大出特出山东人物，于是便挥笔对道：

　　黄河九曲，文王谋，武王烈，历代道统出西秦

下联针锋相对，黄河对泰岱，以文王、武王对孔子、孟子，势均力敌，有理有据，

令人咋舌。

再看下联：

挖莲郎，盘根摸梗寻佳藕
采桑女，摘叶留心等后生

这副联是一副择婿对，其中有一段有趣的故事。说的是从前有一个农家女，不仅貌美，而且聪慧大方。到了该出嫁的时候，父母免不了催促女儿的婚事，女儿说："我的婚事你们就别操心了，我出一对子，谁能对上，我就嫁给谁。"此事传开后，前来应对者不断，但姑娘多不中意，后来一位朴实英俊的青年农民对中，原来这位青年人是姑娘早年的心上人，只是当着父母面不愿说出口罢了，联语一语双关，"摘叶留心"，本是采桑技巧，用于此处，则有留心之意，"后生"字面是指待生之叶，这里则双关心上人，手法高超。对句从字面上看也是劳动场景描写，这里巧用谐音法，巧饰佳偶，读来自然贴切，含而不露。

应征联

应征联，也叫征联，从广义上来讲，即一方悬出上句，一方作出对句，而合成的对联即为征联，一般多指官方、团体、厂矿、个人，或为庆祝节日或为弘扬精神，或为宣传产品，悬以难联，或通过新闻媒介出出句，向社会征集对句。征联极具社会性，其社会反响较大，至于个人之间的私下邀联，则不属征联的范畴。

有这样一副征联：

三星白兰地
五月黄梅天

此上联是民国初年上海一家酒楼在报上悬赏征对句，结果应对者以无情对夺魁，此事轰动一时，酒楼因而生意兴隆，上联以"三星"限酒名"白兰地"。"三星"似是数字对，但未确指，不同"三光日月星"之含义，下联以"五月"而释"黄梅天"，正符合节令气候特点。以"五月"对"三星"，"白兰地"对"黄梅天"，词性对得极工,只是对句的"兰"在平仄上犯了孤平的病,但作为巧对,我们则不应挑剔过甚,此联还有一个妙处,就是"黄梅天"不仅在说天气特征,而且它还是一道南方菜名,这就给此联增添了无限的品味,玩味此联,趣情盎然,实属难得之妙联。

下联也是征联中成功的一例:

> 万家乐用万家乐,万家都乐
> 九州同吟九州同,九州大同

此联是广东省石油燃气用具发展有限公司于1989年所征之联,从句子的结构上看主要用了重音、镶嵌和转类,需说明的是,复句中的两个"万家"都是虚指,为主语。中间的"万家乐"为企业产品的名称,为专用名词,作宾语。第二分句的"万家都乐"是从侧面描写、宣传了产品的优点,征联要求句尾二字嵌以地名。"都乐"是广西柳州名胜地,著名影星赵丹逝世于此,他生前曾留下墨宝"天下都乐"。这些为应征的下联增加了一定的难度。

下联为台湾省陈怀所撰,作者巧化了陆游《示儿》诗中"但悲不见九州同"一句,以九州同铺开,格调豪迈,雄浑苍劲,抒发了祖国人民盼两岸统一的心情。作者为台属,所吟之句别有情致。对句既关联政治,又有文化、历史,境界高远,至于出句仄声偏多,对高难度的巧对联而言,是允许的。

山西大学历史系教授罗元贞,也对一下联为:

> 千字文成《千字文》,千字异文

此联巧妙地以古代启蒙识字课本《千字文》对"万家乐",文词通顺,顺理成章,前后贯通,毫无牵强之感,亦是难得的佳对,只是后两字如按地名要求稍显不工。

《中国青年报》曾征一联,出句是:

> 上海自来水来自海上

当时入选下联者甚多,但词性音律能与出句璧合者甚少。上联中"上海"乃地名,"自来水"乃物名,"来"为动词,"自"为趋向动词,"海"为名词,"上"为方位词,对句要求与上联词性相同。应征者有"北京输油管油输京北"、"黄山落叶松叶落山黄"、"西湖绿柳堤柳绿湖西"、"长城计算机算计城长"、"山西长生树生长西山"、"山东落花生花落东山"等。

戏谑联

戏谑联，一般来说，多无大意，其主要作用是引人发笑。此类联多使用俗语或日常生活用语，或以笑话铺衬，或以文字游戏，达到一种戏谑效果。

请看唐寅为一丝绸老板写的门联：

门前生意，好似夏夜蚊子，群进群出
柜里铜钱，犹如冬天虱子，越捉越多

据传，原来唐寅写的不是这副联。先写的对联"生意如春意，财源似水源"，财主觉得太简单，唐寅看出了老板的心意，便提笔写了这副对联，致使老板苦笑不得。联语形象生动，幽默可笑，让人读后为之捧腹喷饭。

再请看下联：

天不怕，地不怕，就是老婆生气也不怕
骂何妨，打何妨，即便床头下跪又何妨

这是一副别具风格的俗语巧对。相传上联是一位怕老婆的丈夫在友人面前说的大话，下联为他人有意的戏谑。上联用俗语口语，形象而流畅。用了三个"不怕"，像是在说他并不怕老婆，可再去看下联，便知道这位丈夫原来是一个凶厉内荏、外强中干的纸老虎。他的宣传，只不过是"打肿脸充胖子"而已。下联的三个"何妨"，把一个怕老婆的"妻管严"刻画得维妙维肖。全联工巧自然，互相逗捧，活泼可爱，至于有的词性，平仄失对，无须挑剔，应属于宽对范围。

谜语联

将谜面化入对联之中，在字面上造成一种意境，这样的对联为谜语联。虽实用性不及其他类联，但一些好谜联也倍受人喜爱，世代相传，耐人寻味。

请看下面这副谜联：

楹联大全

明月半依云脚下
残花双落马蹄前

这是一副十分成功的字谜联，作者将对联与谜语两种文学语言艺术的特点融为一体。把文字的笔画、结构，巧妙地藏进联语内，此联的谜底是"熊"字。这副谜面联谜趣盎然，对仗工整，自然流畅，毫无做作之感，俨然是一副美妙的风景佳联。

清代大文学家纪晓岚的一副谜语对也十分风趣有味，联曰：

黑不是，白不是，红黄更不是，和狐狼狸狗仿佛，既非家禽，也非野兽
诗也有，词也有，论语上也有，对东西南北模糊，虽为短品，也是妙文

作者采用析字、隐目等手法，将谜底巧妙地串于联内，谜底是"猜谜"二字。

请看下联：

白蛇渡江，头顶一轮红日
乌龙卧壁，身披万点金星

这也是一副谜联，上下联各射一物。上联为油灯，下联为杆秤。灯草未燃时为白色，入油中犹如"白蛇过江"，点燃后火苗成红色，像一轮红日。杆秤属黑色，挂于墙上，好似"乌龙卧壁"，秤星点点，闪烁万点金星。作者将静态变成了动态，构思巧妙，比喻恰当，字字珠玑，令人拍案。

警世联

警世联，其语句不但可为法式，而且言简意赅，古人常用语言组成对联以警人，我们把这种对联称为警世联。

清代著名文学家蒲松龄，在他的压纸铜条上刻了这样一副对联：

有志者事竟成，破釜沉舟，百二秦关终属楚

联林奇珍，悦目赏心

苦心人天不负，卧薪尝胆，三千越甲可吞吴

联语先议后叙，匠心独运，巧用"破釜沉舟"、"卧薪尝胆"两个成语典故，抒发自己发愤攻读、著述，成就事业的远大志向。

当代著名历史学家范文澜写过这样一副对联：

板凳要坐十年冷
文章不写半句多

此联语通俗如话，却寓意深邃，发人深思，告诫人们学习要有刻苦精神，文章要从实处着笔。

革命烈士李甲秾曾经写过这样一副对联：

吃苦是良图，做苦事，用苦心，费苦劲，苦境终成乐境
偷闲非善策，说闲话，好闲游，做闲事，闲人就是废人

此联是对人生生活经验的总括，富有生活哲理，上联连用五个"苦"字，最后以"乐"字透出；下联连用五个"闲"字，最后推出一个"废"字，用心独到，说明人世间苦尽甜来、光阴难买的深邃道理。

题赠联

题赠联属于社会交往的范畴，题赠联的内容又多属自勉、共勉、治学、警世、言志等方面。有时在分类方面也有十分明显的区别。

请看下面这副对联：

一味黑时犹有骨
十分红处便成灰

这是一副咏炭联，写得极为形象，很像一副谜语联，上联写炭在未烧之前风骨犹存的气节，下联笔锋一转，深刻地刻画出炭焚烧后形骸殆尽的残状。其实作者并未写炭，

而是以炭喻人,作者立意若何,是愤世?是讽官?是警人?还是自警?已莫衷一是。但我们不管做何种解释,都是不过分的。

下面是龚自珍赠魏源联:

读万卷书,行万里路
综一代典,成一家言

联语应用迭字手法,巧用"万"、"一"二字,但更巧在立意。上联是熟语,并不惊人。作者在下联中峰回路转,从"万"的时空悠然回到"一"上,此有石破惊天、气魄崩云之感。似乎是在告诫人们成就事业的捷径,但此捷径何为易事?

清末文人王闿运赠友人王叔文一联,历来被世人称道。对联这样写道:

才大须知难作吏
心虚何患不能文

联语直抒胸襟,不遮不掩。或许作者体察世态颇深,或亲身经历之感悟,便道出了有才学者未必能作官,作官者未必就有才的道理。肉食者鄙,自古皆然。只要虚心向学,必能成文,反之便了无成就。联语似一句格言,颇寓哲理。

治学联

治学联多为文人所作,犹如座右铭,或悬于壁室,或题于书页,由此可以看出作者的治学心境和立学态度。

陆游晚年壮志消残、宏业未酬,但读书之嗜好依然如初,他写过一副治学联,表达了他的治学思想:

万卷古今消永昼
一窗昏晓送流年

相比之下,林语堂的治学联显得积极上进,有一股叱咤风云的豪气:

两脚踏中西文化

一心评宇宙文章

联语立意深邃、气势恢宏，道出了作者博大的出世立身志向。

纪晓岚是清代大文学家，他身居要职，游离朝野之间，性情不为宦海所困，一生甘于诗书为伴，他曾写过这样一副对联：

浮沉宦海为鸥鸟
生死书丛似蠹虫

此联把自己一生追求学问、敷衍官场的两面性格披露得淋漓尽致。两者相比，其书痴形象的刻画更显得执著、沉重。

书斋联

文人墨客喜好在自己的书房悬挂一副对联，或以自勉，或以抒情，或以明志，这种联称为书斋联。书斋联多以文采见长，在内容上与厅堂联有所区别。

有一书斋联很富韵味：

认天地为家休嫌室小
与圣贤共语便见朋来

寥寥数字便向人们展示了一片博大的空间，吞天地气，读圣贤书，联意与"室小乾坤大，寸心天地宽"有异曲同工之妙。

书斋联写得出色者可推清代邓石如题的碧山书屋联

沧海日，赤城霞，峨嵋雪，巫峡云，洞庭月，彭蠡烟，潇湘雨，武夷峰，庐山瀑布，合宇宙奇观，绘吾斋壁

少陵诗，摩诘画，左传文，马迁史，薛涛笺，右军帖，南华经，相如赋，屈子离骚，收

古今绝艺，置我山窗

上联集"日"、"霞"、"雪"、"云"、"月"、"烟"、"雨"、"峰"、"瀑布"等自然景观，描就了一幅祖国大好河山的万里长卷。下联以"诗"、"画"、"文"、"史"、"笺"、"帖"、"经"、"赋"、"离骚"等艺术品类汇成中华文化的洋洋大观，气派非常，内蕴丰厚，可称传世佳作。

包世臣自题书斋联很有自己的风格：

幸有两眼明，多交益友
苦无十年暇，熟读奇书

语言朴实，说理性强，作者意在道破人生求知的艰辛。确属一副难得的佳联。

自勉联

中国人识礼仪，懂自勉，重修身。以自勉为修身之妙方。古往今来，一些文人达官，写出了许多自勉佳联，为后人受用无穷。然自勉联含义不仅在于自勉，更益于勉人。

下联是一副妇孺皆知的自勉联：

宝剑锋从磨砺出
梅花香自苦寒来

联句以"宝剑"对"梅花"；一金一木，一刚一柔，形成对句，宝剑的锋刃是由人的磨砺而出。梅花的幽香是忍受了自然的严寒而生，作者言及两种平常之事理，道出了人生事业之艰辛。以物喻人，风格独特，极富哲理，感人至深，为联中之佳构。

明代诗人、画家陈献章写过一副自勉联：

事能知足心常惬
人到无求品自高

作者从事物的两个方面着笔，上联言事宜知足，下联言人贵无求，两者应是立身

联林奇珍，悦目赏心

处世之准则，看似易举，却属难事。联语花开两朵，却写得浑然一体，自然天成。贵在作者将联中"知足"、"无求"使其内核巧妙铺开。贴切，又近于情理，为此方显其作品之高雅。

装饰类联

装饰类联是指长期题于园林、名胜庄园、官署等建筑物上的对联。自宋以后，人们将联句多题于建筑物的楹柱上，由此"楹联"一名始出，因其经久性较强，对联的内容亦要经得起时间的考验。这类对联，传世之作颇多，这不仅在于此类联的经久性强，主要的是古人在作联时，把握得当，立意深远，具有永恒的艺术魅力，多为大家手笔。

风景联

风景联多用于名山大川、园林别墅等地，这种对联与名胜联的不同之处在于，它不管采用何种手法，均不涉及人物、历史、典故等，只是在写景上做其文章。

请看杭州西湖平湖秋月处有这样一副联：

万顷湖平长似镜
四时月好最宜秋

此联采用了嵌字手法，联句中在不同处散嵌"平湖秋月"四字，因联句未见景外之物，只是在写景上延伸开来，以"镜"饰"湖"，以"秋"状"好"，给人以美好意境，空灵可爱，是一副很不错的风景联。

有人为秦岭题联曰：

障南阻北
拔地分天

此联仅用八个字，便把一个巍峨连绵三千里的秦岭活脱脱展现在人们面前，真乃

惜墨如今，恰到好处。"拨地分天"一句，令人触目惊心，拍案称奇。一个"分"字格外传神，远胜力劈华山之势。

湖南长沙岳麓爱晚亭有一联，写得朴实别致，联曰：

晚景自堪嗟落日，余晖凭添枫叶三分色
春光无限好生花，妙笔难写江天一色秋

此亭原称"红叶亭"，又称"爱枫亭"，这副联概括了爱晚亭周围枫叶艳红的美景。上句以实处入题，下句以虚处落笔，一实一虚，便把江南胜景描绘得一览无余。

新疆天池，也称瑶池，风景十分优美，据传说是王母娘娘的住地，有人为此撰写长联，联曰：

飞鸿映天光，秋妍冬灿，屋脊冰场舞翩跹。锦雉低翔，银峰奇幻，天山竟美诗情艳，何须筑王母九苑

巧艇掀池浪，春媚夏葱，花丛野筵唱珑玲。金鳞荡漾，林涛歌喧，池水微寒浴兴欢，胜过那西湖三潭

联语详细地写出了天池四季的美丽风光，像一篇优美的散文诗，而且，以上联的"天光"、"天山"对下联的"池浪"、"池水"，形成嵌字格式，透出"天池"二字，作者用心，可见一斑。

名胜联

名胜联，多用于亭台楼榭、殿阁寺庙、名山大川等古迹处。中国是一个文明古国，名山、古迹琳琅满目，不胜枚举。这些古迹与中国古文化有着密不可分的联系，楹联便是其中之一，它不但为山水增色，美化了环境，又是游人吊古凭史的场所。既陶冶了人们的情操，又得到了大自然的享受。名胜联就创作手法而言，可分为写景、咏史、叙事、抒情、议论等。

清代刘坤一为滕王阁写过一副名联：

兴废总关情，看落霞孤鹜，秋水长天，幸此地湖山无恙
古今才一瞬，问江上才人，阁中帝子，此当年风景如何

这是一副极富哲理的楹联，作者立于滕王阁上，目睹古楼新葺，世事兴废，感慨万千，这一"看"一"问"道出了"此地湖山"历经风雨沧桑而依然无恙的景观，同时也悄然渲染了滕王阁风景之佳丽。黄鹤楼有一佳联更是令人叫绝，联曰：

何时黄鹤重来，且自把金樽，看洲渚千年芳草
今日白云尚在，问谁吹玉笛，落江城五月梅花

此联化用鲁班筑黄鹤楼、吕祖吹箫跨鹤的民间传说，兼叙事、抒情、议论、写景于一炉，形象地描绘了黄鹤楼美丽、壮观的人文景观和自然景观。

官署联

官署联多指旧社会悬于朝府县衙等各级官府门庭的楹联，这类对联多有施政演说的味道。因官员的处世态度不同，所撰楹联内容也迥然不同，有装点门面的，有沽名钓誉的，也有警世言志的。

明代大哲学家王阳明每赴新任，都要以两块高脚牌作为行队前导，两块木牌上写就一副引人注目的对联：

　　求通民情
　　愿闻己过

联语简明、精到，很好地表现了他的官风和政愿。似乎告诉人们，与民通情，其官必正。

下联是福建福安县衙的一副对联：

　　什么叫好官？能免士民咒骂足矣

有何称善政？只求狱讼公平难哉

人们知道，在旧社会，几乎无官不贪。"衙门口朝南开，有理无钱莫进来"，"三年清知府，十万雪花银"，便是旧官衙的真实写照。但也不乏清官廉吏，这位作者则要做"免士民咒骂"的"好官"，行"狱讼公正"的"善政"，实在难能可贵。如真落到实处，当是此地百姓的造化。此联采用自问自答的疑问句式，用"只"、"能"提出了为官的最低标准，同时也道出了为官的最高标准，使人品出为官清廉的难处。

下联是山东金乡县令王玉池自撰的县衙大门联：

眼前百姓即儿孙，莫言百姓可欺，当留下儿孙地步
堂上一官称父母，漫说一官易做，还尽些父母恩情

联句写得很富人情味，读之令人心动。据传，王县令在任期间，赈济灾民，断案公允，生活清廉，博得县人爱戴，在旧社会能做到这一点是难能可贵的。

宅第联

宅第联，也称厅堂联，常用于大门、内门、后门、中堂等处，它属装饰联的一种，以装饰环境、烘托气氛，联语多以祈祝祥瑞、借物抒情、规范品德、激励功业、闲情逸致等内容为多。因宅第联用的时间较长，所以写作这类联时不应趋时，要具有概括性和说理性，同时，应体现出主人的性格特点。

如这副宅第联：

好山入座清如洗
嘉树当窗翠欲流

联语清新宜人，且对仗十分工整，令人想起"槛外远山排闼绕"之句来，意境幽美，多发联想。

请看郑板桥写的一副宅第联：

一庭春雨瓢儿菜

满架秋风扁豆花

本联立意奇巧,构思怪异,作者将常见的两种意象凝入一句之中,使读者不禁生发奇思妙想,一幅活生生的农家风物倏然跃入纸上,给人以美的感受。

邓元白自题宅第联更显得豁达、洒脱:

茅屋八九间,钓雨耕烟,须知富不如贫,贵不如贱
竹书千万字,灌花酿酒,可知安自宜乐,闲自宜清

说联句文辞奇妙,不如说作者思想超凡,无深远的心境,很难写出如此好句。

我们看下面这副宅第联:

无狂放气,无道学气,无名士风流气,方称儒者
有诵读声,有纺织声,有小儿啼哭声,才算人家

上联以"无"、"气"裁成复辞句,形成排比,点出儒者的礼仪之风;下联以"有"、"声"的复辞句形成排比,描绘了想象中的农家景象。此联是说儒家修身养性、持家为人的具体模式,手法出奇制胜,用字俗中见雅,堪称联中佳品。

仿改联

对联的仿改,即是模仿现成对联加以部分改动,改动后的对联,既可看出对联的旧貌,却又翻出新意。

有一年,郭沫若在普陀山拾到个小本子,上面写着一幅春联:

年年失望年年望
处处难寻处处寻
横批"春在哪里"。

再看,还有一首绝命诗,署着当天的日子,郭老马上让人查找失主,结果找到了,是一位精神几乎失常的姑娘。经了解,这位姑娘已三次大学落榜,爱情上也受到挫折,

于是想"魂归普陀"。于是郭老耐心开导她,并为其改了她的原联,改后为:

年年失望年年望
事事难成事事成
横批为"春在心中"。

后来,那位姑娘知道这位老者就是我国的大文学家,于是便向郭老倾吐了自己心中的苦楚。郭老听后,奋笔赠蒲松龄落第自勉联:

有志者,事竟成,破釜沉舟,百二秦关终属楚
苦心人,天不负,卧薪尝胆,三千越甲可吞吴

郭老对那位姑娘的对联做了部分仿改,便为她指出了光明的前程,使其从沉迷中奋起,可谓通神之笔。

嵌名对

嵌名,就是把人名、地名或其他事物名称嵌入联内的有关部位,使上下联相互对应,以提高对联的趣味性和感染力。嵌名联在婚联及题赠联中运用较多,嵌法也因情况而多种多样。嵌字联大体分为整嵌和分嵌,分嵌中还可分为若干种。

1. 整嵌

整嵌就是把名字整个嵌入联语中,并保持名字的整体性。

例如:

蔺相如、司马相如,名相如,实不相如
魏无忌、长孙无忌,彼无忌,此亦无忌

上联为明代大文学家李梦阳出句,对句是一个与他同姓同名的穷儒生所对。李梦阳想出一个比较刁钻的联让他对,意在戏弄。谁知那个穷儒生顺利地对出对句,而且对得如此绝妙,使李梦阳敬佩不已。联中嵌入四个人名,后边又将名字运用转类的手法。

整嵌联在对联中屡见不鲜,比如下联:

联林奇珍，悦目赏心

　　谭鑫培、谭小培、谭富英，祖孙三代，三代三生，衣钵真传，箕裘永绍

　　言菊朋、言少朋、言慧珠，艺成一家，一家一业，声名远播，技术高超

联中一连嵌入六位艺术家的名字，谭氏三杰对言家三杰，妙不可言。

2. 分嵌

分嵌即将一个名字拆开，分别嵌入上下联的有关位置。分嵌又分竖嵌、横嵌、递嵌、暗嵌、迭嵌、反嵌等。

(1) 竖嵌：一个名称分嵌于上下联同一位置的叫竖嵌。竖嵌中又有首嵌、腹嵌、尾嵌和插嵌。

分嵌在上下两联的开头叫首嵌，也称藏头，类似律诗里的藏头诗。如黄宾虹赠盖叫天（名英杰）联：

　　英名盖世三岔口
　　杰作惊人十字坡

分嵌在句中的称腹嵌。如方地山赠作家刘云若联：

　　倦飞知还，云无心以出岫
　　含睇宜笑，若有人兮山阿

分嵌句尾的叫尾嵌，也叫藏尾。如刘振威贺黄海章教授寿联：

　　乐育英才，早岁声名扬四海
　　胸怀革命，八旬功绩在文章

分别把名字有规则地插入联中的叫插嵌。如一朝臣贺道光皇帝联：

　　元后亶聪明，二百载继继承承，顺天心，康民物，雍和其德，乾健其身，嘉惠普群生，道统昭羲农尧舜
　　维皇臻福寿，亿万年绵绵翼翼，治功懋，熙绩勋，正直在朝，隆平在野，庆云辉五色，光华联日月星辰

上下联各在第三断句的首字上分别嵌入顺治、康熙、雍正、乾隆、嘉庆、道光六个帝号,而且自然、流畅,颇不容易。

(2)横嵌:一个名字在一联内分别嵌完的叫横嵌。如余心乐先生幼年时答塾师联:

余见心乐余心乐
史载可法史可法

(3)递嵌:是将一个名称由上联横嵌一部分,再在下联横嵌一部分。两联横嵌合起来构成系统,以暗示题旨。如王湘绮赠袁世凯联:

民犹是也,国犹是也
总而言之,统而言之

(4)暗嵌:即可嵌之名在改头换面的情况下出现,一般多用拆字的手法。如一考生讽学政、主考官吴省钦营私舞弊联:

少目焉能识文字
欠金安可望功名

作者将"省钦"二字拆开,以拆开之词义组联又意思贯通,直戳其痛。
(5)迭嵌:就是在一联中有规律地交叉嵌入两个或两个以上的名词。如《痂留编》所载一联:

冬夜灯前,夏侯氏读《春秋传》
东门楼上,南京人唱《北西厢》

(6)反嵌:此种嵌字从联尾开始,往联首顺序而排。请看下联:

季子敢言高,与吾意见辄相左
藩臣徒误国,问尔经济有何曾

上联逆嵌为左季高,即左宗棠,下联嵌曾国藩。据说曾左两人心存芥蒂,有人就拟了此联,说成是他二人相互嘲讽之作。

七字联的嵌法格式问题,因所嵌位置不同也有不同的名称,各种格式可以结合起来运用，不足七言的嵌字格式以此类推，多句联嵌字以短句为基础类推。

嵌入联中第一字的叫鹤顶格。如郭沫若所撰一联：

泽色绘成新世界
东风吹复旧山河

嵌在联中第二字的叫燕颔格。请看安徽九华山华严祠联：

清华真佛地
庄严古洞天

嵌在联中第三字的叫鸢肩格。下联是浙江秋瑾墓联：

悲哉秋之为气
惨矣瑾其可怀

嵌于联中第四字的叫蜂腰格。请看下联蔡锷赠小凤仙联：

此地之凤毛麟角
其人如仙露明珠

嵌于联中第五字的叫鹤膝格。如郭沫若赠张重肩联：

道义能担肩似铁
精神不动重如山

嵌于联中第六字的叫雁翎格。如成都杜甫草堂联：

十年幕府悲秦日
一卷唐诗补蜀风

秦指陕西，蜀指四川。杜甫的诗篇多在秦、蜀写成。此联之意借杜甫诗"《诗经》无蜀风"。作者是将杜甫诗和《诗经》相提并论的。

嵌于联中第七字的叫凤尾格。如云南石屏秀山联：

西南诸峰此独秀

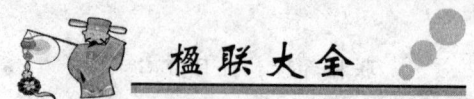

东北一览小众山

嵌上联第四字，下联首尾的为鼎峙格。如：

园静有梅独啸傲
兰幽伴竹共芬芳

联中嵌入"梅兰芳"三字，所嵌之处形成品字形故又称"品字格"。

鼎峙格的另一种形式是，上联嵌首尾字，下联嵌第四字。如笔者题山海关联：

山连百脉直到海
浪涌三关欲摧城

联中上下联，首尾各嵌一字的为双钩格。如：

物能致用人求质
文可移情意欲明

嵌字联虽然有自己的特定格式，但字异常灵活的特点亦拓展了其包容性，能够融析字对、叠字对、回文对等多种联语形式为一炉，浑成而出新意。嵌字联贵在浑成，忌死拼硬凑，尤重别出路径之创新，是作者天分、才情、素质、修养、思想、阅历诸因素酿就的新醅。

析字对

析字是利用汉字的特殊性质和功能进行巧妙地析分和组合，并将析分和组合的现象贯通于对联之中以造成一种独特的艺术效果，析字包括拆字和合字两种形式。

1. 拆字

拆字就是将一个或数个独立的汉字拆成若干个独立的汉字，并用所拆之字完成和表达一个完整的意思。如：

鸿是江边鸟

联林奇珍，悦目赏心

蚕为天下虫

鸿是由江、鸟二字组成，蚕是由天、虫二字组成。一是左右结构，一是上下结构。一作鸟，一作虫，江对天，可为严对之例。

请看下联：

凤山山出凤，凤非凡鸟
龙口口回龙，龙本宠身

相传出句是广西凤山县第八代土官之女韦小姐所撰。其人才貌过人，及笄之年，求婚者络绎不绝，韦小姐想觅一匹配郎君，遂出上联征偶。求婚者绞尽脑汁，却无一应对，故此韦小姐也遗憾终身而命归九泉。上联以当地地名出句，环环相扣，又将"出"、"凤"析出。由二三字组成第四字，第五字又与第一、第六字相同，八、九两字合起来又构成第六字（凡、鸟二字组成繁体字"鳳"）。下联为今人所作，龙口为山东一港口名。以龙对凤，对工得体，有龙凤呈祥之意。回字又析出两口字，同出句相比有异曲同工之妙。"宠身"所指"龙"字，比较上联，不失风采，可谓出句之佳对。

一般拆字联多将所拆之字嵌入联内，使人一目了然。但也有不嵌所拆之字，暗藏机关，需要细心琢磨，方悟其意。如下联：

有水有田方有米
添人添口又添丁

这是一副婚姻联。夫妻二人分别姓潘和姓何，作者在姓上大作文章，而且拆字所组之意既合理又吉祥，融汇得体，准确无误。上联是"潘"字的拆字，下联是"何"字的拆字，真是妙趣天成。

2. 合字

合字就是将两个或若干个汉字合成一个字，做到内容贯通并将所组合的文字巧妙地组成联句。如：

日在东，月在西，天上生成明字
女居左，子居右，世间配成好人

此联最大的特点是自然舒展，不牵强，不做作，字面和现实十分贴切，耐人品味。

下联是乾隆和纪昀的一副应答联：

心口十思，思子思妻思父母
寸身言谢，谢天谢地谢君王

据说乾隆察觉纪昀有思家之意，便出上联试探他。纪昀以实奏闻，以对句相答。
再看下联：

此木为柴山山出
烟火成烟夕夕多

"此"、"木"二字合成柴字，"山"、"山"二字合成出字，"因"、"火"二字合成烟字，"夕"、"夕"二字合成多字。一副短联，是四个字的组合，而不加其他字，确属不易。

易字对

易字，即在原有的联上或增字或减字，或增减笔画，或交换联字位置而使联意发生变化，造成新的意境。此种联语多含有诙谐、戏谑、讽刺意味，请看：

门对千竿竹
家藏万卷书

此联传为明翰林学士解缙在幼年所作，据说解宅与曹尚书府的竹园相对，解缙作联题于自家门上，曹尚书很不悦。心想：我家的竹园岂容他人借用？于是命人把园中竹子砍去一截。解缙见了，就在联句后各加一字："门对千竿竹短，家藏万卷书长。"曹尚书读之更加气愤，又命人将竹全砍去，解缙又在联后各加一字，"门对千竿竹短无，家藏万卷书长有。"曹尚书蓦然醒悟，想这孩子文气太高了，于是要见见这个神童。此联两次易字，实属不易。易字要求联意不做作，不牵强，字生趣，意通神。

请看下面这副联：

欲吃新河鸭子

联林奇珍，悦目赏心

须交陈海鹏孙

据说清咸丰年间有一大将叫陈海鹏，年迈解甲故里河北新河养鸭。因鸭子养得好，又出了名，不时有贵客佳宾光顾。有人为此撰一联："欲吃新河鸭，须交陈海鹏。"此联乍看有些俗气，其实出手不凡。请看"欲"、"须"二字属能愿动词，又属小类相对。其下均为同类相对，应为严对式。后来陈海鹏故去，接继事业的是其孙子，又有好事者撰了"欲吃新河鸭子，须交陈海鹏孙。""鸭子"对"鹏孙"，未免牵强，然"子"对"孙"天经地义，该联下上结构似有失调，实以"鸭子"对"孙"一字。但其中有几分无情对的味道，妙处也在于此矣。

再看下联：

父进士，子进士，父子同进士
婆夫人，媳夫人，婆媳皆夫人

据说这是一有势人家的一副春联，意在炫耀门第，说来也巧，有一儿童，独出新裁，将联中的几个字添了几笔，便成了"父进土，子进土，父子皆进土；婆失夫，媳失夫，婆媳皆失夫"。如此一改，内容大相径庭。联趣表现了稚童的聪明才智。

易词对

易词，即在同一联中，将一个词作词用之后接着又做词组使用。有的是将一个固定的词分离，重新组句，达成原词异义的效果。

请看：

膏可吃，药可吃，膏药不可吃
脾好医，气好医，脾气不好医

"膏药"和"脾气"是两个固定词，在联中，作者突发异想，将两词分离成与原来词义截然不同的词来，让人大开眼界，去领悟中国汉字的魅力。同时也完成了一种劝导，让人改掉脾气才是高人。据说这是一副中药店联，只当给患者吃了一付舒心丸。

请看下面一副联：

复生，不复生矣
有为，安有为哉

此联是康有为为纪念六君子之一谭嗣同的一副挽联。谭嗣同字复生，与康均为同盟会成员。上联的第一个"复生"，为谭的字，是名词。第二个即是再生之意，偏正结构。下联第一个有为是作者的名字，是名词，第二个"有为"含有所做为之意，也是偏正结构。联不仅对得好，更巧的是二人的名字做了巧妙的组成。

歧义对

歧义，即用同样的语句，利用不同的断句方法，从而使之产生与原来联语完全不同的意思。

请看下联：

明年逢春好不晦气
终年倒运少有余财

据说此联为明朝著名才子祝枝山为友人写的一副戏谑联。友人不悦，认为是一副倒霉晦气的春联。祝则用了歧义法，读成了"明年逢春好，不晦气；终年倒运少，有余财"。原来祝是利用了不加标点的技巧，钻了断句的空子。祝枝山还写过这样一副歧义联：

此屋安能居住
其人好不悲伤

这副对联如不断句，上联分明是疑问句式，下联是感叹句式，那么这间屋子是无人敢住的。如在中间断句，则成为另一种意思了：

此屋安，能居住
其人好，不悲伤

可见联句中的标点及断句是多么至关重要。

同旁对

　　这类对联是利用汉字的偏旁为构思方法，以一定的规则排列组合成联。同旁组合千姿百态，有的利用相同偏旁，有的在对仗处使用一个偏旁，以表达一个完整的内容。这类对联的难点和妙处在于串组的自然合理，一旦生硬牵强，便索然无味。

　　请看下联：

<blockquote>
寂寞寒窗空守寡
惆怅忧怀怕忆情
</blockquote>

　　出句是一副古联，据说是一大家闺秀，及笄之年向求婚者悬一副联。声言谁若对上此联，便许出嫁。当时无人应对，其女也"寂寞"而死。下联为近人所对，平仄似乎欠妥，但做为巧对，是可以的。

　　虎门有一副对联：

<blockquote>
烟锁河堤柳
炮镇海城楼
</blockquote>

　　与上联不同的是，上联上下句各用一个同旁，此联则在对仗处使用同旁，独具特色。联语自然贴切，如诗如画，而且字义贯通，意境高远，实属难得之佳作。

　　再请看下联：

<blockquote>
王老者一身土气
朱先生半截牛形
</blockquote>

　　上联"王老者"三字带有土字旁，说一身土气实不为过，下联"朱先生"三字都可看出牛的字形。语言诙谐，令人发笑。

复字对

即在对联中重复用同一字或几个字。也就是说，它可以在上下联中有一个或数个同样的字相继出现，以表现热烈、缠绵的情调。多在绘景、抒情联中运用。这是对联中一种常用的表现手法。

请看明末东林党人顾宪成为无锡书院题的一联：

> 风声、雨声、读书声、声声入耳
> 家事、国事、天下事、事事关心

上联连用五个"声"字，下联连用五个"事"字，并使用了分总的手法，以抒发自己以天下为己任的远大胸怀。此联语言鲜活、明快、富有跳跃感，并且易读易记，可列为古今佳联之最。

> 乾隆巡游到通州，与纪昀巧对一联：
> 南通州、北通州，南北通州通南北
> 东当铺、西当铺，东西当铺当东西

上联中的北通州指北京通县，南通州指现在的南通市。一南一北，异地同名，结成佳句。下联为纪昀的属对，很见功夫，尤其联尾"当东西"一词一语双关，扬长汉字之妙，被世人称为绝对。

请看下联：

> 新风吹，新事多，新人辈出新时代
> 春雨洒，春潮急，春花怒放春满园

上联连用四个"新"字，下联连用四个"春"字，分别修饰不同的事物，语言贴切，层层深入。在视觉中给人一种奇特的对称美和建筑美。

再看一副悼挽周总理联：

> 有雄才，有伟绩，有奇勋，实在有德
> 无所畜，无偏心，无享受，真正无私

此联采用排比式,重用"有""无"二字,以歌颂周总理的伟大功绩和高尚情操,犹如天成之笔。

重字对

重字与复字不同,它是在一副对联中多次重复某个字或某些词,以产生一种错落复杂的效果。

请看《儒林外史》中的一副对联:

读书好,耕田好,学好更好
创业难,守成难,知难不难

上联重用"好"字,说明读书、耕田各得其所的道理。下联重用"难"字,说明创业与守成知乐而乐的心态。可以说这副联的重字用得很巧,读之舒展自然,给人以层层递进之感。

唐山市迁西景忠山碧霞元君殿有一长联:

圣功无量,圣寿无疆,唯圣降神聿尊圣母
元妙莫名,元机莫测,因元入道厥仰元君

此联为一咸丰年间布衣所撰,上联写碧霞元君的功德,下联写人们对其之景仰。联中上、下联分别重用"圣""元"二字,以造成一种神圣、虔诚的氛围。此联立意独到,文辞精练,一唱三叹,出神入化。

北京潭柘寺有一联:

大肚能容,容天下难容之事
开口便笑,笑世上可笑之人

这副联的重字法与其他对联有不同之处,此联兼用了顶针式和剖析法。前句说明佛的两种情态,后句则是解释这一情态的原因。

连珠对

也称叠字，即将同一个字接连叠用，其势似穿珠成串，使用叠字式在节奏上可产生明显的音律效果，给人以明快的感觉。

请看俞樾做的这副杭州九洞十八溪联：

　　重重叠叠山，曲曲环环路
　　高高下下树，叮叮咚咚泉

作者将四个形容词"重叠、曲环、高下、叮咚"进行了特殊处理，效果便发生了很大变化。感觉清澈，情景宜人。

再请看一副西湖联：

　　山山水水，处处明明秀秀
　　晴晴雨雨，时时好好奇奇

联句立意新颖，用字娇嫩，将此联用于西湖这一特定景观之中，非常自然、贴切。西湖美景如在眼帘，使游人留连忘返，陶醉于山光水色之中。

再如苏州网狮园联：

　　风风雨雨，暖暖寒寒，处处寻寻觅觅
　　莺莺燕燕，花花叶叶，卿卿暮暮朝朝

上联化李清照词《声声慢》使联语独具特色。既写出了意境又富有深情，为游人增添了无限情趣。

转类对

转类也称异音，是指对词性的灵活运用。也就是利用汉字的一字多音，一字多义效能，使联中某些词性得以转化。如山海关孟姜女庙联：

联林奇珍，悦目赏心

海水朝朝朝朝朝朝朝落
浮云长长长长长长长消

上联连用七个"朝"字，下联连用七个"长"字。乍看，今人无缘识读。其实，这里运用了通假法，就是使用一字多义之特点构成联句。上联第一、四、六字在这里假借为"潮"字，第二、三、五、七的"朝"是朝霞的朝(zhāo)。下联第一、四、六字的长读生长的长，第二、三、五、七的长读长期的长(cháng)。如按正常的写法应为：

海水潮，朝朝潮，朝潮朝落
浮云长，长长长，长长长消

请看下面这副转类联：

好读书不好读书
好读书不好读书

从字面上看去，上下联相同，一字不差。如果不是运用转类法，就不能称其为联了。此联就是巧用"好"的多义效能。上联第一个"好"字读"hǎo"，第二个"好"字读"hào"，下联则相反。其联中之意是，有利于读书时却不爱读书，等到年老知道爱读书时，却又不便于读书了。此联用来解释"少壮不努力，老大徒伤悲"，十分贴切。

下联是一副讥讽清代科举考试营私舞弊的对联：

顾司空，顾人情，不顾脸面
戴学士，戴关节，未戴眼镜

顾司空指正主考官一部侍郎顾祖镇，戴学士指副主考官翰林学士戴瀚。二人接受贿赂，将贿赂者列为解元，于是众生哗然。有人便撰此联，予以嘲讽。第一个"顾"为名词，第二个、第三个变为动词。下联的"戴"字也同，使人读之有峰回路转，柳暗花明之感。

绕口对

采用汉语一字多音、异字同音的特点组成复杂的有趣联语，造成变读绕口的效果。请看下联：

> 屋北鹿独宿
> 溪西鸡齐啼

据说这是一位叫徐晞的文人和太守的应对。出句为太守求对联，对句是徐的即兴应对。出句除"北"外，其他字的韵母都是"u"，下联字的韵母都是"i"。对句高出句一筹，而内容更为丰富、自然。

清代楹坛大家梁章钜写过一副联：

> 客来醉，客去睡，老无所事呼可愧
> 论学粗，论政疏，诗不成家聊自娱

此联为押韵对，只是对句的"娱"押"u"韵，与"粗"、"疏"相比，稍有变韵之嫌。再如：

> 游西湖，提锡壶，锡壶掉西湖，惜乎锡壶
> 寻进士，遇近视，近视中进士，尽是近视

上联"西湖"与"锡壶"两个截然不同的词却声韵相同。下联"进士""近视"也然。作者采用了同音异词之妙，组装成联，使二词相互关联，读之上口，又别有情趣。

拟声对

拟声是对联的写作技巧之一，也称摹声。它是通过模拟人物、动物、神仙、器物声音的手法来取得一种艺术效果。有这样一副别致有趣的对联：

> 独榄梅花扫腊雪

联林奇珍，悦目赏心

细睨山势舞流溪

看上去不失为一副诗味浓郁的写景联。然而，细心品读，你会发现另有所指。原来，上联是由乐谱1、2、3、4、5、6、7的谐音而来；下联则是阿拉伯数字一、二、三、四、五、六、七的谐音化出，不过这种读音只是浙江地区的方言而已。

上联是拟器之声，下面则是拟动物之声，请看：

母鸡下蛋，谷多谷多只一个
小鸟上树，酒醉酒醉无半杯

"谷多谷多"是仿母鸡的叫声，"酒醉酒醉"是仿小鸟的叫声。联语意境含蓄，生活气息犹浓，读之情趣盎然。

顶针对

顶针是将前一句或前一节奏的尾字又作为后一句或后一节奏的首字，使两个音节或句子首尾相连，前后承接，产生上传下递的效果。它与迭字形式相仿但本质却不同。顶针可以是一个单字，也可以是一个复和词或词组。它既可以一次使用，也可以重复使用。

请看湖南长沙的沙井联：

常德德山山有德
长沙沙水水无沙

此上下联都是三个音节，而每个音节都是节节相顶，组组相连。请再看叶仪昌的集格言联：

美言不信，信言不美
疑人莫用，用人莫疑

此联是将上句的尾字，做为下句的首字，造成一种音韵美和建筑美。堪称妙品。

下面的这副联写得入情入理，富有时代气息。

雪花飞，飞捷报，报告丰收喜讯
柳丝舞，舞春风，风传胜利歌声

显然，这是一副近代联，写的是喜获农业丰收后的动人情景。联中顶针字"飞""报""舞""风"用字巧妙，衔接得相当自然无造作之感。想象丰富，造句得法，足见作者语工之深厚。

同音对

同音也称异混，即上下联中有一个或数个读音相同或相近的字，通过异读以区别意思。此种方法听起来难以分辨，看起来便一目了然。请看下联：

闲人免进贤人进
盗者休来道者来

作者有意将两组同音异义的"闲人"和"贤人"、"盗者"和"道者"放在一起以混淆读者的听觉。此"闲"和"贤"、"盗"和"道"同音同调，但寓意有天壤之别。

还有这样一副极富情趣的对联：

童子打桐子，桐子落，童子乐
丫头啃鸭头，鸭头咸，丫头嫌

"童子"与"桐子"、"落"与"乐"声同音似，在某些方言中同音。"丫头"与"鸭头"、"咸"与"嫌"，读音完全相同。而这些相同的读音在联语中反复出现，读来情趣盎然，天真烂漫，极富欣赏价值。再看下联：

贾岛醉来非假倒
刘伶饮尽不留零

在上下联首分别嵌入"贾岛"和"刘伶"二古人名，又在联尾设计与人名相同的词——"假倒""留零"。在内容上得以贯通，造成情趣盎然的叙事效果。贾岛和刘伶均以豪饮著称。一个是中唐诗人，一个是两晋名士。民间多流传他们不满世故、以酒销愁的故事。

回文对

回文亦称卷帘，是楹联中的特殊手法。它利用词序进行上下联的回环往复，也就是可正读也可倒读。有的联倒读能另出新意，一般均可表达出两种事物事理，造成一种别致奇特的妙趣。请看：

　　迢迢绿树江天晓
　　霭霭红霞海日晴

此联是一副意境很好的楹联，如你从后往前倒读也不失为一副佳作。此种联称为反复回文，倒读便成为：

　　晴日海霞红霭霭
　　晓天江树绿迢迢

有的回文联正读、倒读字序不变，且有对称美。称为对称回文：

　　雾锁山头山锁雾
　　天连水尾水连天

此联形式奇美，画境宜人，优美绝伦。
另一种回文称为谐音回文，即文字虽不能倒排，但字音倒读却与顺读一样，如：

　　画上荷花和尚画
　　书临汉字翰林书

创作回文对，关键在于根据自然事理，巧妙构思，以达到自然天成的艺术效果。最有趣的恐怕要数下面这副对联了：

趣言能适意
茶品可清心

此联倒读则为"心清可品茶，意适能言趣。"顺读倒读均趣味无穷，很富有乐趣。我们将它做为茶亭茶馆的广告联也未尝不可。

列品对

列品同分总有些相似，要求连续列举三个以上的事物成联，不掺杂间隔词，其与分总区别在于联中不使用总叙形式。

请看下联：

白马秋风塞上
杏花春雨江南

作者运用白描的手法，只将几种事物和谐地列举出来，不加任何渲染，给读者提供了一种悠远的艺术空间。

请看浙江莫干山十二生肖公园联：

子丑寅卯辰巳午未申酉戌亥
鼠牛虎兔龙蛇马羊猴鸡狗猪

上联列十二地支，下联列十二种动物。此外不加一字一语，干净利索，自然出奇。
再看清代书法家何绍基所撰岳阳楼联：

一楼何奇！杜少陵五言绝唱，范希文两字关情；滕子京百废俱兴，吕纯阳三过必醉，诗耶？儒耶？吏耶？仙耶？前不见古人，使我怆然涕下

诸君试看：洞庭湖南极潇湘；扬子江北通巫峡；巴陵山西来爽气；岳州城东到崖疆，渚者、流者、峙者、镇者，此中有真意，问谁领会得来

上联列举杜、范、滕、吕四人的史事，下联列洞庭湖等四处风景特征应对。"五言绝唱"，指杜甫的《登岳阳楼》诗；"两字关情"指范仲淹《岳阳楼记》中着重突出的"忧"、"乐"二字；"百废俱兴"是说滕子京谪守巴陵郡（岳阳）时的政绩；"三

过必醉"指传说中八仙之一吕洞宾的有关轶事。

分总对

即像排列物品那样组句,而且有分述有总述。使用分总法,必须集三个以上的物品并列排列,而且中间不用其他词语混杂间隔。分总分先总后分和先分后总两种形式。

1. 先总后分

请看北宋文学家刘邠对王安石联:

<pre>
三代夏商周
四诗风雅颂
</pre>

刘邠才华出众,王安石有意以此联难他,然刘稍思片刻便对出了下联,此联难度在于解决下联总括数目与列品数目字、义与上联的矛盾,或多或少都很难成对,刘以巧致胜,别开洞天,从《诗经》中独僻蹊径。风、雅、颂为《诗经》的四个组成部分,其中雅分大雅和小雅。历史上通称为四诗。以"四诗"对"三代",以"风雅颂"对"夏商周"。妙语惊人,被称为传世绝对。

2. 先分后总

有一副春联:

<pre>
松竹梅岁寒三友
桃李杏春暖一家
</pre>

即是先分后总式。

邓琰的自题碧山书屋联也属此类。

<pre>
沧海日、赤城霞、峨眉雪、巫峡云、洞庭月、彭蠡烟、潇湘雨、武夷峰、庐山瀑布,合宇宙奇观,绘吾斋壁
少陵诗、摩诘画、左传文、马迁史、薛涛
</pre>

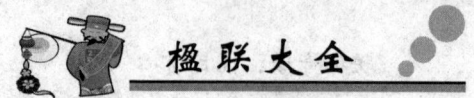

笺、右军帖、南华经、相如赋、屈子离骚，收古今绝艺，置我山窗

作者在这副联中，上下分别用九种事物排列，这种对法在对联中是不多见的。在这种联中应当注意上、下联所排列的事物、结构必须一样。比如上联是偏正结构，下联亦同。

同出对

同出即将出于同一事物的几个词语巧妙地组合到联中，使上、下联各表其意而又互相对应。

如：

荷叶莲花藕

真丝蛹茧蚕

荷叶、莲花、藕为同一根上长出来的东西。真丝、蛹、茧、蚕也是同一动物在发展过程中所变化的不同形态，只是"真"对"荷"有些不妥。

下联也属同出手法，比上联显得更准确、工稳。

炭黑火红灰似雪

谷黄米白饭如霜

上联写木炭，下联写大米，相传这是明代文学家杨慎在少年时随父到御花园玩，与弘治皇帝的一副妙对。

组串对

组串就是将一些本来没有联系的事物的名称按一定的规则串联起来，从而使之表示出某种意思。请看下面这副对联：

中国捷克日本
南京重庆成都

这副对联是一爱国人士为欢庆抗日战争胜利而写的。乍一看这副对联的上联是三个国名，下联则是中国的三个地名。上联的意思是中国胜利地克服了日本（这里捷克做克敌讲），下联是说南京重新庆祝成为首都，这样三个国名和中国三个地名便巧妙地组合成一副庆祝抗日战争胜利的对联。

再看这样一副对联：

碧野田间牛得草
金山林里马识途

这是在1982年，由中央电视台等单位联合举办的春节征联活动中，择优选出的对联。上联为出句，下联为首选对句。对联上下联各由三个人名连缀成句，意义连贯，毫无生硬之感。再看由词曲牌组串的一副巧联：

水仙子持碧玉箫，风前吹出声声慢
虞美人穿红绣鞋，月下行来步步娇

联中串出六个词、曲牌名《水仙子》《碧玉箫》《声声慢》《虞美人》《红绣鞋》《步步娇》，描绘出了一幅美人轻移莲步，观月赏景的画图。

连环对

即联中巧用同字、谐音、同旁等不同的修辞手法，嵌成联句环环相套的形式，以达到独特的艺术效果。符合这一特定要求的联句即为连环式。

请看这样一副对联：

点灯登阁各攻书

移椅倚桐同赏月

联中出句"灯"与"登"、"各"与"阁"既音同，而且"登"、"各"又各自是灯（古字"燈"）、"阁"字的偏旁。对句中的"椅"和"倚"是同偏旁，"同"又是"桐"的偏旁，读音相同而且"移"和"椅"声母也相同，符合出句的要求。

落帘对

即在联句中以同一词语开头，又以同一词语或谐音结尾，使联句现出一种文字和音韵的美感。

请看下联：

教无所教偏成教
官不成官却是官

联句以"教""官"二字起头，又以"教""官"二字结尾。落帘格与回文格不同，落帘格联不能倒读。此联为讽刺清末教官一职，此职当时无足轻重，但为此官者又非鄙则吝，故有人以此联讽之。文字幽默苛刻，嘲讽轻快得体。

大学士解缙曾写过这样一副联：

蒲叶桃叶葡萄叶，草本木本
梅花桂花玫瑰花，春香秋香

此联的上半句为落帘式，重在谐音。"蒲""桃"的谐音为"葡萄""梅"、"桂"的谐音是"玫瑰"。而后半段的"本""香"亦为落帘式却重在同音。

苏东坡与黄庭坚的一副应答对，也属落帘式：

松下围棋，松子每随棋子落
柳边垂钓，柳丝常伴钓丝悬

苏、黄二人为挚友，一天他俩在松下下棋，忽有松子落到棋盘上。苏东坡信口念出上联，黄庭坚知是让自己对下句。对联上句下句各以"松""棋""柳""钓"引出上半句，下半句对以同样的字落笔，前后遥遥相衬，形成鲜明的对称美。另外后半句的"子""丝"也同样具备落帘效果。联句构思精美，立意新颖，形象鲜明、生动、自然，对仗亦工。

卷帘对

卷帘也称倒叙、逆挽。即与小说、散文中的倒叙法相似，是一种先说后事，后说先事的方法。很像帘子倒卷而上。所以称卷帘格。

例如：

> 回日楼台非甲帐
> 去时冠剑是丁年

上联先说从军归来之况，下联再说离家从军之事。

脱靴对

在联句中形成先抑后扬、先引后拔、先浅后深的依次剥开的方法，像脱靴的过程，蜕去皮后方见本质，这种格式为脱靴。如西安莲湖公园奇园茶社联：

> 奇乎！不奇，不奇也奇
> 园耶？是园，是园非园

奇园茶社是抗日战争时期地下工作者梅永和夫妇建的秘密交通站。当时此联挂出世人不解，解放后人们才知道此联的真正含义。作者王超北是我情报处负责人。联语不但使用了脱靴法，还运用了嵌名法，四处嵌名，不显雕琢。

集引对

即结集若干相近或相似的物类、意象以成联,使其浑然一体,辟出新意。
请看清代许宾衢所撰一联:

> 帝女合欢,水仙含笑
> 牵牛迎辇,翠雀凌霄

此联用了八个花名,道出了牛郎织女七夕相会的故事,可谓是花团锦簇了。
下面是茅盾先生的祖父沈恩培写给陈谓卿的一副对联:

> 仲举风标,太邱德化
> 云龙意气,伯玉文章

此联用了四个陈姓典故,分别为:陈蕃,字仲举,东汉大臣,他15岁时说:"大丈夫当扫除天下,安事一屋",被世人称为"不畏强御陈仲举";陈寔,字仲马,东汉太邱长,修德清静,百姓以安;陈云龙,字广陵,清浙江海宁人,康熙进士文渊阁大学士,任职7年,吏畏民怀;陈子昂,字伯玉,梓州射洪人,官到右拾遗。其诗强调兴寄,风格高昂,于文反对浮艳,重视散体。联句以陈氏古代人及其业绩入联赠陈氏,是再恰当也不过的了。用典得心应手,对仗工整贴切,堪称佳作。

下面请看王养轩挽刘胡兰烈士联:

> 革命坚贞不屈,十五岁英雄建树下青年楷模,确实生得伟大
> 临难慷慨就义,刘胡兰名字永活在人民心中,真是死的光荣

联语在联尾巧妙引用毛主席为刘胡兰的题词,将其嵌入联内、增强了联句的张力。

飞白对

明知某一词有错而故意使用,将错就错。这种修辞手法称飞白。白是"别""错"的意思,飞白原是书法绘画中的一种手法,后来借做修辞之用,这是文学作品中经常运用的。请看下联:

联林奇珍,悦目赏心

《礼记》一书无母狗
《春秋》三传有公羊

相传清初苏州有一个叫韩慕庐的秀才,在一家教私塾,这家的主人自以为很有才学,经常替韩上课以炫耀自己的学问。有一天他教学生读《礼记》中的《曲礼》一篇,竟将"临财毋苟得",读成"临财母狗得"。此时,一位饱学之士由此经过,错认为是韩念的,觉得好笑,因此在窗外高声念出上联。韩慕庐一听,知道是冲他来的,于是立即应声答出下联。那人听后,方知此先生不是凡俗之辈,于是登门求见。二人见面一谈,才知念"母狗"者不是韩先生,后来韩中了进士。韩以"《春秋》三传有公羊"为对句,对得很妙。公羊是复姓,即指给《春秋》做注释的作者之一公羊高,另二位先生是左丘明、谷梁赤。三传是指《左传》、《谷梁传》、《公羊传》。那位学士将错就错地将"母狗"直接替代了"毋苟",即飞白法,下联以"公羊"对"母狗"更是妙语惊人。

无情对

这是巧妙联中最有趣味性,最能体现"对"这一特点的一类对联。其特点是上、下联中相应最小的词素贴得很近,对得极工,但是词义各异,相去甚远,简直对不起来。一般对联讲究上下联内容相关,无情对偏偏不相关。它有两个标准,一是类别要互不相干,二是内容上要离题千里。

请看下联:

妹妹我思之
哥哥你错了

这是一副风格奇特的即席对。说的是清朝某年科考,试题中有句:"昧昧我思之"。一考生粗心将"昧"字写成"妹"字,嘲为上联。评卷先生见此,不禁失笑,于是顺手批曰:"哥哥你错了"。此联以回答方式出现,奇无限情趣于对话中,待你发现精妙处,顿有豁然开朗之感。此联奇中见奇,考生误将"昧"置成"妹",音同而意迥,可谓差之毫厘,谬之千里。奇在阅卷先生将错就错顺水推舟,竟以妹妹身份出现,称

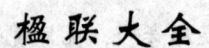

此考生为"哥哥"以戏之,宛若含羞怯之意曰"你错了"。无情之格中含有情之态,真乃楹坛之佳品。

无情对,多为字与字严格相对,而联句立意却风马牛不相及,造成一种对联艺术的差距美。

请看下联:

庭前花始放
阁下李先生

上联是院中花开的景象,下联则是人文称呼。句意相去甚远,但仔细分析就会发现,上下联的每一个字都对得异常工稳。"庭"与"阁"为宫室小类工对,"前"与"下"同为方位词,"花"与"李"同属植物类,"始"与"先"同为副词作状语,"放"与"生"则是动词相对。字字工对却意远千里,这正是无情对的妙处。

再看下联:

树已半残休纵斧
萧何三策定安刘

这也是一副无情佳对。上下句意义毫不相干,上联为一古诗句,是说要爱护树木,不要乱伐残树。下联却以萧何献策定汉业的历史故事相对,相差十万八千里,却在字性上结成缘分,有天造地设之妙。上联尾字"斧"是工具,下联尾字"刘"指兵器,在本句中则指汉高祖刘邦。"树"对"萧",萧,植物名即艾蒿。植物小类相对。"已"对"何",为虚词相对。"半残"对"三策"为数量词相对。"休纵"对"定安"都为虚词相对。联中惟"残"与"策"乍看不似工对,但二字在这里均可视为动词,"残"为伤害之意,"策"有拄、扶之意。

两兼对

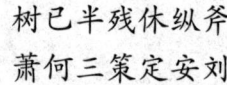

两兼即指在一副对联中一个字可与前后的字同时组词。在读时可读成两种组合句式,两种效果。

联林奇珍，悦目赏心

请看：

李东阳气暖
柳下惠风和

此联巧在以不同句式的读法读出不同的效果，若按三、二句式读，可读出两个人名的名字：李东阳和柳下惠。李东阳，明代诗人，天顺年进士，官至吏部尚书，华盖殿大学士。此人秉性温和，善依附周旋。柳下惠，春秋鲁国大夫，任士师（掌管刑狱的官吏），以善讲贵族礼节和坐怀不乱而著称。联以"气暖""风和"喻二人，十分贴切、自然。如按二、三式去读，其意义则变成了这样的意思：李树的东边阳气暖，柳树的下边惠风和。

不管以何种句式读，对仗、结构都很工整。其一，"李东阳"对"柳下惠"，人名相对，"气暖"对"风和"，主谓语词组相对。其二，"李"对"柳"是植物对，"东"对"下"是方位对，"阳气"对"惠风"偏正词组对，"暖"对"和"形容词相对。

再看下联：

孟光轧姘头，梁鸿志短
宋江吃败仗，吴用威消

据说此联为著名画家吴湖帆讽刺汉奸梁鸿志、吴用威所做。孟光是梁鸿的妻子，《后汉书·逸民传》记载：梁鸿每归，妻子孟光为其具食，不敢于鸿前仰视，举案齐眉，说的是夫妇相敬相爱的故事。吴用是梁山宋江的军师。上联"梁鸿""梁鸿志"均为人名，下联"吴用""吴用威"也均为人名。名套名，以乱读者视觉。作者将梁鸿夫妻的故事反其意而用之，意在讽梁鸿志，下联亦然。作者撰联之时乃抗战胜利，外寇投降、汉奸失宠之时。以此联喻之，大快人心。

假称对

假称也称借称。是作者有意将对联中要表达的意思，将有关的对象用第一人称说出来。

楹联大全

如一庙联：

你求名利，他卜吉凶，可怜我全无心肝，怎出得什么主意
庙遏烟云，堂列钟鼎，堪笑人供此泥土，空费了多少钱财

联语借庙中泥塑木雕的菩萨口吻，说出作者劝世良言。言辞诙谐、有趣，容易被人接受。

杭州岳飞墓有一联这样写道：

咳！仆本丧心，有贤妻何至如是
啐！妇虽长舌，非老贼不至今朝

清道光年间，有人在杭州岳飞墓前题此联悬挂，形象地表现了一对奸贼互相埋怨、垢厉的口吻，真是刻画入微，维妙维肖。

还有一副为道士写的挽联：

吃的是老子，穿的是老子，一生到老全靠老子
唤不回天尊，拜不灵天尊，两脚朝天莫怪天尊

作者借道教鼻祖老子的口吻成联，意在讽刺道士的寄生生涯，天尊亦指老子，唐朝老子被封为"太清道德天尊"。

借代对

即不直接说出事物的原称，而借用另外一种与其有可换关系的名称。借代与本体有可换关系，借体可以代表本体。如：

伯乐常在，何愁没有千里马
青山不老，岂怕不出栋梁材

"伯乐"是周代善相马的马师，本是专名，但联语中的伯乐泛指一般有眼力的善于识拔贤才的人。

再如，长沙岳麓山挽屈原联：

> 何处招魂，香草还生三户地
> 当年呵壁，湘流应识九歌心

"三户"指楚国，《史记·项羽本纪》有"楚虽三户，亡秦必楚"的话。《九歌》，屈原的代表作品之一。联中两处的借代用的都是与本体（屈原）有密切关系的事物。

再如，湖南醴陵红拂墓联：

> 红拂有灵应惜我
> 青山何幸此埋香

红拂，隋朝宰相杨素侍姬，钟情于李靖，随李靖于军中，后病逝于醴陵。下联的"香"在古时多喻妇女所用饰品，故古诗文中常借称为妇女。此处代称红拂，此是以物拟人。

换位对

即为了某种需要，故意将句子中的词语作对换位置的一种修辞手法。

抗日战争时期，由于国民党反动派采取不抵抗政策，致使日寇长驱直入，中华民族陷入水深火热之中。可国民党军队却一退再退，大吃大喝，当时有人写一副对联讽之：

> 前方吃紧
> 后方紧吃

这副对联通俗、直白、语句精短。仅八个字，一个"前方"，一个"后方"；一个"吃紧"，一个"紧吃"，形象地描绘了当时的两种势态。上联"吃紧"，指情况紧张。下联做了一下换位，则变为大吃大喝，不可终日的意思。稍动一字，差之千里。从中不仅领会作者遣词之妙。同时，也悟到了中国汉字的神奇魔力。看来好联不在辞众，而在意法之妙。

1905年，慈禧七十大寿，章太炎为此写了一副寿联：

> 今日到南苑，明日到北海，何时再到古长安？叹黎民膏血

楹联大全

全枯，只为一人歌庆有

五十割琉球，六十割台湾，而今又割东三省，痛赤县邦圻益蹙，全逢万岁祝疆无

作者在联尾，故意将"有庆""无疆"二词做换位处理，其意发生了很大的变化，上联尾句变成了只为一人祝寿歌；下联尾句变成了每次到慈禧庆寿之际，总是被割掉疆土之时。作者对慈禧进行了尖锐、辛辣的讥讽，无情地揭露了慈禧不顾百姓死活和国土沦亡的反动行径，得到了极好的艺术效果。

乾隆五十五年，农历九月九日的重阳节。乾隆一行北巡热河。一日，在万松岭住下，准备去承德为自己祝寿。随行的有纪晓岚等几位重臣。其中有一位叫彭羡门的出一上联，想难一难纪晓岚。联曰：

八十君王，处处十八公，道旁介寿

此联很有深度，这年正是乾隆八十岁，而十八公喻指万松岭的松树，故将松字拆成"十八公"，与前面的八十正好颠倒换位，纪听后，随即以对：

九重天子，年年重九节，塞上称觞

帝王所居之所称"九重"，时逢重阳节又称"重九"，也正好与"九重"换位。此句实属难得，非大家不能为之。

互文对

互文也称互参，它的手法是把本应该合起来的话分做两句说，使两者互相补充、渗透。

请看毛泽东为刘胡兰烈士的题词：

生的伟大
死的光荣

联林奇珍,悦目赏心

上联写生,下联写死,从两个方面入笔,却写的都是一种精神,是说她生与死都是伟大而光荣的。

再看下联:

诸葛一生唯谨慎
吕端大事不糊涂

人生处事,要谦虚谨慎,小事要通融马虎,大事要坚持原则。联语借用了两个古人为典,从两个方面去写,说明的却是一个道理,这也是互文的一种。

再请看:

宁为玉碎
不作瓦全

此联写做人之道,应刚直不阿、无私无畏、一身正气。不奴颜婢膝、苟且偷生。作者在上联以"玉"自誉,下联以"瓦"点化。两个角度,一种精神,闻声见物,令人叹止。乃精妙之笔。

越递对

越递又称巧意、层递。即在联语中将某一词语越过一词,而使之递进。此法有两类:凡由浅入深、由表及里、由低到高、由小到大的推进方法叫阶升法。反之为阶降法。

1. 阶升法

请看下联:

坐、请坐、请上坐
茶、泡茶、泡好茶

此联说是清代学者阮元游平山堂,寺庙方丈将阮元当作一位普通游客,只说了一声"请",又对下人说"茶"。随之交谈,觉出语不凡,便改了口气"请坐",吩咐下人"泡茶"。后来当他知道是大学士阮元时又换成了"请上坐""泡好茶",到了

阮元临走时，方丈恳求墨宝，阮即出此联，活脱脱描绘了一个前倨后恭者的面目。作者以方丈的言语入联，对仗十分工整，别开生面，确是一副很难得的佳联。

再看陶行知先生为晓庄师范学校题联：

认请问题、研究问题、解决问题，为好教育
发明工具、制造工具、运用工具，是真文明

作者从事物最初层次着笔，不断向中高层次递进，采用由此及彼，由表及里，由浅入深的观察方法,给人们揭示了认识世界、改造世界的方法,不仅文字工整,立意也巧。

2. 阶降法

请看下联：

尧舜生、汤武净、五霸七雄丑末耳，伊尹太公便算一支耍手，其余拜将封侯，不过摇旗呐喊称奴婢
四书白、六经引、诸子百家杂说也，杜甫李白会唱几句乱弹，此外咬文嚼字，大都缘街乞食闹莲花

此联以戏谑为快，不免有狂妄不当之弊。但其手法却为独特。把所评对象分别以"生""净""丑""末""耍手""奴婢"对号入座。用的是阶降的手法。

也有一联，是采用阶升、阶降两种手法同时运用的。

例如：

万砖千瓦，百工造成十佛寺
一篙二橹，三人摇过四平桥

上联使用了阶升法，下联使用阶降法。这两种方法层次清楚，能给读者一种新鲜的感觉。

绘态对

也称摹状对。即是描绘人们对客观事物情状的感觉的方法。它直观地临摹事物的

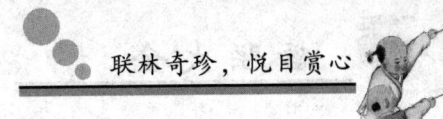

情状、声音和色彩等。常运用叠字、双声、叠韵或其他方式表达出来。这种方式多用于讽刺、诙谐联中。

如：

著！著！著！主子洪福
是！是！是！皇上圣明

此联是讽刺清道光年间两个军机大臣潘世恩和穆彰阿的。他们惯于阿谀奉承。凡是皇帝说的话，他俩无不点头。"著！著！著！""是！是！是！"是对二人奴颜形象的描绘，读之如闻其声，如见其状，形象生动。

近年有人写了一副嘲讽"妻管严"联：

老母任磕头：哎哎哎，嗳嗳嗳
娇妻只呶嘴：哦哦哦，噢噢噢

作者以漫画的手法，刻划出这种对母逆、对妻纵的面孔。上、下联尾重用六个语气词，绘形绘声，妙不可言。

婉曲对

婉曲也称折绕。有些要表达的意思，作者不想直接说出，或因社会等各种原因不敢明说。而是采取一种迂回的表现手法。使读者透过委曲、含蓄、隐约的语言领会作者的内在含义。这种方法称为婉曲法。

请看一副旧联：

月无贫富家家有
燕不炎凉岁岁来

联中两句为折体。作者故意将本体隐去不说。联中要说的意思是：富贵生活我们贫寒之家是没有的，只有月亮和燕子不嫌弃我们，常光顾这里，暗喻世态的炎凉。联语通过月和燕而收到一种特殊的艺术效果。这比直接说出来要好得多。

隐如对

在对联中用相关的话暗示要讲的事物。也就是将要讲的隐藏起来。隐如手法，似乎谜语。

请看这样一副对联：

数声吹起湘江月

一枕招来巫峡云

上联"数声吹起湘江月"只说吹，却未言吹的是什么。然而读者却很容易联想到那清脆悦耳的笛声。下联"一枕招来巫峡云"显而易见，那枕边尤物不是梦，又是何物？宋玉《高唐赋序》说楚王梦与巫山神女相会于高唐。神女曰："旦为行云，暮为行雨。"上联写笛，下联写梦，意境幽远，令人心动。

解放前，有人写过一副痛斥帝国主义在中国横行霸道的对联，联曰：

中土讵能容久住

醉乡何得复横行

中土，指中华大地，上联的意思是说不容许帝国主义在中国横行霸道，下联隐说的是螃蟹，说用酒烹制的螃蟹再不会横行了。"醉乡"这里指的是指用酒制成的醉蟹。整联的意思即是：帝国主义分子不得在中国横行霸道。如果帝国主义分子敢在中国久住下去而横行霸道，其下场必然和醉蟹一样死路一条。此联既隐含了两种事物，合起来又有很深的寓意，是一副爱国主义的佳作。

反语对

反语即是将意义相同或相反的两个或几个词组成联，从而产生一种既相互矛盾又相互统一的效果。这种手法在对联中极为常用。它含蓄有味，能增强讽刺性和幽默感。

例如，在军阀混战时期，南京城内有人写了这么一副春联：

联林奇珍,悦目赏心

　　许多豪杰
　　如此江山

"豪杰"的本意是指才能出众的人。但联中却指的是那些割地分封的军阀。"如此江山"原为褒意,在这里喻为军阀混战中的破碎山河。

再看下面这副对联:

　　红黑炭火烫冷热美酒名传远近;
　　大小布匹裁老少新装美化短长

这是为一门两店写的对联。一店是酒馆,一店为裁缝铺。作者抓住两种事物的特点,发挥开去,使生意性质得到了升华。可以说,这种手法对于二者来说发挥得淋漓尽致,是一副运用技巧非常高妙的反语对联。

再看下联:

　　细羽家禽砖后死
　　粗毛野兽石先生

这是蒲松龄早年应对一位姓石的塾师先生的对联。据说,一日老师将蒲松龄喂养的家雀摔死,放在原处,用砖头堵好,并在墙上戏书一联:

　　细羽家禽砖后死

当蒲松龄发现家雀死了,又见墙上对联,断定是先生所为,于是续了一联:

　　粗毛野兽石先生

石先生见了大为恼火,当面质问学生不该这样来辱骂老师,蒲松龄从容地解释道:我是按老师的联属对的,如果写得有错,请老师指教。老师再仔细分析,并挑不出半点毛病,只好拂袖而去。

联中用的反语属对,可以说对得天衣无缝,无可挑剔,难怪连老师也无言以对。

双关对

双关亦称谐音,巧用汉字的字、音、义的相同相异之差别而组成字面与字音,形成言此而意彼的语言效果,两者在形式上虽然平行,但在意义上却有主从之分。这种手法,称为双关。双关的形式有用谐音者,有借义者,有借形者等几种。用好双关,可增加对联的趣味和深度。

1. 谐音

看这一副对联:

因荷而得藕
有杏不须梅

据传,这是明代宰相李贤在招婿前与陈敏政的一次测试应答对。李贤指着桌上的果品出上句,其意是"因何而得偶?"陈敏政马上领会其意,随口答出下联,其意是"有幸不须媒"。这里"荷"、"藕"、"杏"、"梅"都是借用了谐音去表达所隐之意。出句精巧刁难,对句含蓄得体。都很好地表达了各自的心意,恰到好处,为双关联中之佳品。

上联运用的是同音异字,下一联却是同音同字。

天气大寒,霜降屋檐成小雪
日光端午,清明水底见重阳

联中镶嵌六个节气名词,但从联意来看,很多词性都发生了变化。以上联来说,三个复合名词变成了六个单纯词。"大"原来是"大寒"的一个词素,在通篇联语中它变成了形容词。"降"变成了动词,"小"字也变成了形容词。原来的三个节气名词的本意不复存在。

2. 借义

看渣滓洞烈士联:

看洞中依然旧景
望窗外已是新春

此联与上二联均有不同，但并不在字音、字面上求得双关，而是从整体意义上取得了双关效果。这也是因环境而派生出的艺术作品。

袁世凯死后，有人写了这样一副对联戏袁：

起病六君子
送命二陈汤

此联字句简短，却寓意深远。从字面上像是说有病时服的是六君子，临死时服的是二陈汤，二者均为中药汤药名，然而作者所说的六君子并不在于此，而是指"筹安会六君子"，他们是杨度、严复、胡瑛、刘师培、李燮和、孙毓筠。此六人曾为袁称帝摇旗呐喊，说明这是起病的原因。送命二陈汤则是指陕北镇守使陈树藩、四川将军陈宦，湖南将军汤芗铭。其三人都为袁的亲信，后来纷纷背叛袁而宣布"独立"。据说袁是在频繁接到其三人的"独立"通电后一气而死的。作者在讽刺联里，借两汤头名喻之，出人意料，又在情理之中，被人称为借义双关名联。

设问对

即以一问一答的形式成联，上联先提出问题，下联做答。或上下联均为设问，不与回答，让读者思考，以启发读者。设问式一般分为以下三种。

1. 通联设问，不做回答

如董其昌题杭州西湖飞来峰联：

泉自几时冷起
峰从何处飞来

作者以西湖景物落笔，全盘提出疑问。这种方式常给人以朦胧神秘的色彩，把答案留给读者，使人们产生无尽的悬念。

2. 半联疑问，半联做答

请看郑燮联：

搔痒不着赞何益

入木三分骂也精

有的联将设问句放在对句上，看方地山赠张大千联：

八大到今真不死
半千而后又何人

作者以两古人八大山人（朱耷，清代画家），半千（龚贤，清代画家），以评其艺术成就。对句虽在疑问，却是肯定之意，自然贴切，不留痕迹。一设问，揭示了作品的张力。

3. 不做回答或不便回答

看朱瑞挽秋瑾联：

大通讲学，光复联盟，按剑说同仇，不图三十三龄弱女儿，成仁取义，腥血先埋，抱沉痛四年余，竟英灵旋转乾坤，试想贵福奸奴，而今安在

春社留题，西泠感旧，拈花谈慧果，长作六月六日新纪念，崇德报功，丰碑重树，垂令名千载后，使进党眷怀风雨，当并伯荪诸烈，终古难忘

上联"试想贵福奸奴今安在？"，是对杀害秋瑾的刽子手贵福的切齿仇恨，同时也指一切扼杀革命的刽子手，此处之问不必回答，已见本意。

反问对

为强调某一观念或结论的正确，故意以反问的形式把本意托出，令人注意，使读者从句中找到答案，这种方法叫反问。反问的目的在于给读者以艺术的感染。

联林奇珍,悦目赏心

邓小平同志为士兵撰一联:

列为无产者
宁不革命乎

此联采用流水对,仅十字,并在联中嵌"列字"二字。充分表现了作者远大的胸怀和坚定的信念。作者运用了否定句询问的形式表示肯定的答案,为反问句式的另一种。请看下联:

不受几番磨炼
怎成一段锋芒

再看下面这副对联也属此种形式:

经牒可超生,难道阎王怕和尚
纸钱能赎罪,分明菩萨是赃官

另一种形式则是用肯定的询问式,表示否定的答案。如:

除却诗书何所癖
独于山水不能廉

许德珩挽陶行知联:

教育做合一,若干年来,倡导生活教育,
身体力行,论功岂止武训第二
智仁勇兼备,胜利前后,呼号和平民主,
赴汤蹈火,说死实与李闻为三

此联紧扣逝者事绩,所引对比人物十分贴切。出句联属反问,增加了被答者的分量和位置。

对称对

对称亦称玻璃对,其特点就字型而言,上、下或左、右字型结构基本对称一致,造成字本身的一种形态美。这样的字用篆书写在玻璃上,无论正看、反看字体均相同。如"大""文""因""天"之类。

有一玻璃联这样写道:

山中日出
水里风来

清代梁章钜《楹联续语》中说:吴山尊学士,始出意制玻璃联子。一片光明,雅可赏玩。玻璃联因用篆字书于玻璃上,选字必须要求对称统一,以达正反如一。这副对联,简练精短,用词严谨,而且符合玻璃对的基本要求,是一副极妙的绝对。

请看下联:

文同画竹两三个
丁固生松十八公

此联载于清人李伯元的《南亭四话》,联语中的文同为宋代大画家,以善画竹和山水著称。"两三个"是指竹叶,恰似"个"字。丁固为三国时吴国人,初仕尚书,因梦松树生于腹上,便对人说:"松字拆开乃十八公也,再过十八年我当为公。"后果官至司徒(汉时称司马、司徒、司空为三公),此联不仅反正皆宜,且用典自然,可称形式与内容完美统一。

下联出句为1990年辽宁营口市环保局等单位联合征联:

山水林田,至营口宜赏美景
桑蚕米果,出盖县富甲关东

出句写营口市的环境特点,对句写盖县(营口辖)的农土特产。对句在句式、词性等方面与出句基本相对,用玻璃对式相对,实属不易。

同划对

同划，联中均由同笔划数的汉字组成。

古人写过这样一副对联：

> 屋后流泉幽咽洽香草；
> 庭前垂柳珍重待春风。

这不是一副普通的迎春联。其妙在上、下联都是九个字，其中的每个字都是由九划组成（后、风二字繁体也是九划）。这是对联中一种非常特殊的形式。古人称"消寒迎春联"。因为从冬至（一九）到九九正好是八十一天，上、下联句笔划正好是八十一划。这样从冬至开始，每天写上下联各一笔，到九九的第九天，全联全部写完，至此，严冬已去，春到人间。故此，称此联为"消寒迎春联"。

这种联构思精巧，须费尽心思，选择适当的字、词组句，又不能以辞害义，写起来有一定难度。古来以其难方显得此对珍奇。此联趣味性强，既表达了人们对春天的向往，又可作为一份别致的日历。所以历来为人们称为联中上品。颇受一些人的喜爱。有人说它："是对联写作的一个奇迹"，此话不虚。

缺如对

缺如联，也称隐语，歇后，在楹联中是一种特殊的表现手法，这种手法故意将尾字或联句中的一字隐去，并以联中展现之字句向读者暗示所缺之字，而该联的意思又正是在空缺的字上，联句仍能形成很规矩的对仗。细心的人从展现的字面上不难看出联中所藏之意。这种联用工巧，或戏谑，或嘲讽，很好地显示了其巧对的艺术魅力。

请看一户穷人写的春联：

> 二三四五
> 六七八九

从字面看，读者便知作者在做文字游戏。上联缺"一"字，下联缺"十"字。这到底是什么意思呢？还要从谐音上理解。"一"与"衣"谐音，"十"与"食"谐音，这样作者的意图就不言而喻了，原来是在发牢骚，"缺衣少食"。据说横联只写了两个字"南北"，显而易见，是没有东西。此联立意奇巧，很形象地表达了穷人过年三难。它不但是一篇缺如联，还是一副数字联，若把它视为诙谐联也是可以的。

比喻对

即利用要说的事物与另一种事物相似，就拿另一种事物做比，以便把要说的事物反映得更具体、更形象、更生动。对联中的比喻可分为三种形式。

1. 明喻

这种形式多带有比喻词，"如""像""似""若"等标明本体和喻体关系的词。如王慎赠友联：

　　淡如秋水闲中味
　　和似春风静后功

上联用比喻词"如"，下联用比喻词"似"，把本体"淡""和"两种情态描绘得韵味尤浓，富有诗意，给人以美的联想，从中给人以启示。

2. 隐喻

即省去比喻词，隐去了比喻的形迹。明喻的形式是"甲如同乙"，隐喻的形式是"甲就是乙"。明喻的形式是相类的关系，隐喻的形式却是相合的关系。如：

　　谷乃园之宝
　　民以食为天

"谷""民"均是本体，"宝""天"是喻体。通过系词"乃""以"二字，把本体和喻体组成相合的关系。

3. 借喻

即把比喻的事物借来，当作被比喻事物来说，而被比喻的事物在联中不出现。借喻的喻体不能取代本体，只是相似而已。

如现代学者辜鸿铭引用苏轼《赠刘景文》诗句成联：

荷尽已无擎雨盖
菊残犹有傲霜枝

据说此联是辜为讽刺北洋军阀张勋而作。张的亲信部队号称"辫子军"，张勋被戏称"辫帅"。联中"擎雨盖"暗喻清朝官员的帽子，"傲霜枝"喻清代人头上的辫子。这副对联在于讽刺张勋已到了"荷尽""菊残"的地步。

比拟对

根据感情的需要，作者特意把人喻物，或者把物喻人，或把甲当作乙来描绘，这种方法称为比拟。通常人们将被比拟的对象称为主体，比拟的部分称拟体。

1. 拟人

即把没有感情和生命的事物当作人来描绘。如一副挽联：

杨柳春风怀逸致
梨花寒食动哀思

作者把杨柳、春风、梨花、寒食都人格化了，宛如它们也同人似的一起对死者寄予无限哀思。

2. 拟物

即把人当作物来描绘。拟物的目的较为复杂，有的赞扬，有的讽刺，有的调侃。请看：

红莲开并蒂
彩凤喜双飞

作者将一对新婚夫妇比作"红莲""彩凤"，因红莲、彩凤之类在人们的习惯意识中是美丽、吉祥的象征，把喜庆中的新人喻为红莲、彩凤是符合情理的。

夸张对

　　夸张是文学作品中一种常见的修辞手法，其目的是为了突出某一事物的特征，将其巧妙地夸大或缩小，以造成一种奇观效果，如运用得法，可起事半功倍的效果。夸张可分两种，一种是要把所表达的事物从性质、状态、数量等方面直接夸大或缩小，类似的描写叫做单纯夸张；通过比喻、比拟、借代、对比等修辞手法进行夸张的方法叫间接夸张。

　　请看一佛寺联（峨眉山洪椿坪联）：

　　　　佛祖以亿万年作昼，亿万年作夜
　　　　大梧以八千岁为春，八千岁为秋

　　上联言及佛祖寿命之长，下联喻洪椿坪历史悠久。这里的亿万年、八千岁是虚数，不作实际数词。

　　　　天作棋盘星作子，谁人敢下
　　　　地当琵琶路当弦，哪个能弹

　　此联巧妙抓住事物的形象特征，突发联想，借题发挥。作者在夸张的同时运用了比喻的手法，以突出对联的艺术色彩，属于间接夸张。

衬托对

　　将两种事物放在一起比较，以一种事物衬托另一种事物的方法叫做衬托。被衬托的对象称为主体，做衬的事物称衬体。衬托分正衬和反衬两种方法。正衬的目的是使被衬托的主题在形象上更加鲜明。

　　请看桂林雁山公园大门联：

　　　　春秋多佳日

联林奇珍，悦目赏心

林园无俗情

这是集陶渊明诗句联，下联"无俗情"衬"多佳日"，说明此地乃幽雅之所，不是那种为名夺为利争的嘻杂所在。

再看孙中山挽黄兴联：

常恨随陆无武，绛灌无文，纵九等论交到古人，此才不易
试问夷惠谁贤，彭殇谁寿，只十载同盟有今日，死后何堪

《晋书·刘元海载记》："常鄙随、陆元武、绛、灌无文"，指随何、陆贾、绛侯周勃、灌婴同是辅刘邦的大臣；"九等"，古代将士分为九品；夷惠指伯夷、柳下惠等古贤人；"彭殇"，指彭祖、殇子。作者旨在挽黄兴，却以古人兴亡衬之，实旨未写古人，"此才不易"褒在黄兴。下联写彭祖之寿，只在挽惜黄兴之青春夭折。作者情感悲绝，可谓一字一泣也。

排　比

即用三个或三个以上的结构相似、字数相等的平行短句，组合在一起表示相关的意思。运用排比仅限于上下联的内部，而以长联较多。排比要注意排比的事物要有内容上的联系，而且要求次序须有规律，给人以审美之感。

请看李联芳所题武昌黄鹤楼联：

数千年胜迹旷世传来，看凤凰孤岫，鹦鹉芳洲，黄鹤渔矶，晴川杰阁，好个春花秋月，只落得剩水残山，极目古今愁，是何时崔颢题诗，青莲搁笔
一万里长江几人淘尽，望江口斜阳，洞庭远涨，潇湘夜雨，云梦朝霞，许多酒兴风清，仅留下苍烟晚照，放怀天地窄，都付与笛声缥缈，鹤影蹁跹

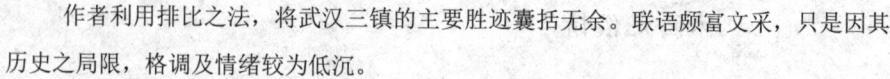

作者利用排比之法,将武汉三镇的主要胜迹囊括无余。联语颇富文采,只是因其历史之局限,格调及情绪较为低沉。

再看现代语言学家王力先生写的桂林小广寒楼联:

甲天下名不虚传:奇似黄山,幽如青岛,雅同赤壁,佳拟紫金,高若鹫峰,穆方牯岭,妙逾雁荡,古比虎丘。激动着倜傥豪情,志奋鲲鹏,思存霄汉,目空堷楼,胸涤尘埃,心旷神怡消块垒

冠寰球人皆向往:振衣独秀,探隐七星,寄傲伏波,放歌叠彩,泛舟象鼻,品茗月牙,赏雨花桥,赋诗芦笛。引起了联篇遐想,弄甘陇亩,士乐缥湘,工展宏图,商操胜算,河清海晏庆升平

该联上联写桂林之胜景,无与伦比;下联叙桂林的名胜,引人入胜。信手拈来,如数家珍。借景抒情,颂今怀古,对仗工整,极富文采,堪称杰构。

物色对

物色即饰"物"以"色",在巧联中有重要作用。它能创造鲜明的视觉形象,反映事物的特征,从而提高对联的深刻内涵。

如下联:

鹅黄鸭绿鸡冠紫
鹭白鸦青鹤顶红

将自然界中最能表现颜色的几种禽鸟入联,虽多种颜色堆砌却不觉生硬,语言自然,风格绮丽,被人喜爱。

有一关帝庙联不仅使用物色,还是一副迭字对:

联林奇珍，悦目赏心

赤面赤心扶赤帝
青灯青史映青山

物色应注重色彩在联中的主导作用，方能显出其特色。请看下联：

绿水搅黄泥，红火黑烟，烧出青砖白瓦
翠湖凌紫阁，丹梁碧枝，停浮玉殿金宫

其中色彩字绿、黄、红、黑、青、白、翠、紫、丹、碧、玉、金，几乎占去联中一半，把一个凌紫阁的建筑过程细微地描绘出来。

数量对

数量词在对联中有着特殊意义，用数量词组成的对联的作用主要有：创造形象和意境、加大对仗难度、进行数学运算、数字合称词的阐释、连续嵌入自然数等。

请看下联：

乾八卦，坤八卦，八八六十四卦，卦卦乾坤已定
鸾九声，凤九声，九九八十一声，声声鸾凤和鸣

此联巧用了数字成对，出句构思奇特，下联对仗贴切，用数应用乘法，合理、自然，而且符合事理。

下联是庐山东林寺联：

桥跨虎溪，三教三源流，三人三笑语
莲开僧舍，一花一世界，一叶一如来

上联叠用"三"字，"三教"，指儒释道三教；"三人"，指儒陶渊明、释慧远、道陆修静；"一花"，指菩提花；"世界"，指佛家过去现在将来为一世，东西南北上下为一界；"一叶"，指禅宗的一个宗派；"如来"，指释迦牟尼。此联为后人写

117

三人谈儒论道流连忘返而且留下言谈三笑的故事。联语以一对三，工整独到，境界优美。作者善于从驳杂的事物中提取完美和谐的艺术体裁，有巧夺天工之妙。

方位对

即在对联中重用方位词。

江西滕王阁有一名联为清同治进士金桂馨所撰：

大江东去
爽气西来

作者抓住滕王阁的自然特点，以最洗练的语言进行高度的概括，达到一种超然洒脱、大气磅礴的境界。一"东"一"西"，囊括了事物的独特情韵。犹如一副写意画，给人一种横空出世之感。

再看下联：

坐北朝南吃西瓜，皮往东甩；
思前想后看左传，书向右翻。

联句中巧妙嵌用了"北南西东，前后左右"八个方位词，其实真正表达方位的只有"北"、"南"、"东"、"西"，其余的方位词与别的词搭配，词义产生了变化。比如"西瓜"是瓜名，《左传》是书名，两者与方位无关系，"思前想后"是时间范畴词，其意义与方位词关系不甚紧密，然而读起来仍和谐统一。或许，这就是作者的创作初衷。

虚词对

古虚词是在汉语中没有实际意义的字，其中一部分相当于现代的虚词。虚词不能

独立成句,只有配合实词来完成语法结构。虚词对实词有协助作用,这类词包含介、连、助、叹、副、象声六大类。虚词在联句中的作用非同小可,有的联一虚词之差,谬之千里。巧妙运用虚词,可使联句增色,情趣斐然。请看下联:

君恩似海矣
臣节如山乎

原来此联是明末陕西总督洪承畴的门联,原本无联句尾处两虚字,洪承畴投敌卖国,遭人唾弃,便有人在原联句尾添此"矣""乎"二字,其意即大相径庭。

再看这样一副对联:

民犹是也,国犹是也,何分南北
总而言之,统而言之,不是东西

这副对联是王湘绮写的讽刺袁世凯的。被近代人称为名联。联中嵌入"民国总统"四字,并在联尾点出"不是东西",上联的"也"字和下联的"之"字都运用得很好,如去掉虚字,则失为佳作。

联绵对

在汉语中,有一种词叫联绵词。所谓联绵词,就是由两个音节联缀成义而不能分割的词。它们或有双音、迭韵的关系,如"玲珑""徘徊""窈窕""磅礴";或无双声但有密不可分关系,如"蜈蚣""胭脂""妯娌";或同音相重复,如"白白""津津""脉脉"等。在对联中,联绵词必须对应联绵词,不能与其他词性的词相对。古代严式对更主张在联绵词中必须名词对名词,动词对动词,形容词对形容词。

例如:

独抱琵琶寻旧曲
数教鹦鹉念新词

联中"琵琶"对"鹦鹉",此联属联绵对。

再如:

入室饮茶,直步可登麒麟阁
临池染翰,何年得到凤凰台

联中以"麒麟"对"凤凰",视为联绵对。

福州春意亭联:

莺啼燕语芳菲节
蝶影蜂声浪漫诗

春节喜庆,妙联助兴

CHUN JIE XI QING MIAO LIAN ZHU XING

　　春联是我们最熟悉的楹联形式,它在写法上讲究并不是很大,但一定要突出一个"喜"字,要把节日的气氛以及个人的愿望表达得淋漓尽致,是为最好。

总 起

春节是我国人民的传统节日,在春节来临新年伊始之时,人们总喜欢在门上贴一副春联,借以烘托喜庆气氛。春联一般含有迎新春、颂盛世之意。在我国,无论塞北、江南、城市、乡村、机关、军营都有贴春联的习惯。各行各业有各自不同的喜庆联语,但有一点是相同的,那就是都洋溢着春的气息、时代的气息和喜悦的气氛。

然而,随着时代的变迁,不同的时代赋予了春联不同的内容和风貌。历史上留下不少好的春联,但随着岁月的沉淀,有的显得陈旧了些,如:

爆竹一声除旧
桃符万户更新

有人将其稍加改动,则显得清新不少:

爆竹二三声,人间易岁
梅花四五点,天下皆春

1921年春节,陈毅同志从欧洲返回故乡四川乐至县过年,曾在自家门口贴过这样一副春联:

年难过,年难过,年年难过
事必成,事必成,事事必成

这是根据一副旧联改动而成的,这副旧联是:

年年难过年年过
处处无家处处家

下面谈一下写春联应该注意的几个方面:

第一,写春联的内容要求写吉利喜庆的话,避讳用不吉利的字、词以及同音、谐音。

第二,写春联要注意用词恰如其分,不要过于浮夸、渲染。

第三,避免用一些现成的套话、大话、空话。

第四,春联的内容要新,体现出时代精神。

第五,行业春联要写出自身特色。
下面,我们一起去欣赏一下生活中常见的特色春联——

新春好运快乐篇

和顺一门有百福,平安二字值千金
横批:万象更新
一年四季春常在,万紫千红永开花
横批:喜迎新春
一干二净除旧习,五讲四美树新风
横批:辞旧迎春
五湖四海皆春色,万水千山尽得辉
横批:万象更新
喜居宝地千年旺,福照家门万事兴
横批:喜迎新春
一帆风顺年年好,万事如意步步高
横批:吉星高照
绿竹别其三分景,红梅正报万家春
横批:春回大地
红梅含苞傲冬雪,绿柳吐絮迎新春
横批:欢度春节
春满人间百花吐艳,福临小院四季常安
横批:欢度春节
春临大地百花艳,节至人间万象新
横批:万事如意
福星高照全家福省,春光耀辉满堂春
横批:春意盎然
旧岁又添几个喜,新年更上一层楼
横批:辞旧迎新

一帆风顺吉星到，万事如意福临门

财源广进创业篇

宝地财源逐日增，吉门生意连年好
横批：招财进宝

四海财源通宝地，九州鸿运进福门
横批：财源广进

顺风顺水顺人意，得利得财得天时
横批：万事大吉

生意兴隆通四海，财源茂盛达三江
横批：大展宏图

天时地利兴伟业，富贵平安大发财
横批：兴旺发达

庆佳节万事如意，贺新年八方来财
横批：名利双收

展鸿图事事顺心，创大业年年得意
横批：更进一步

创大业千秋昌盛，展宏图再就辉煌
横批：大展宏图

四海来财富贵地，九州进宝吉祥宅
横批：天时地利

新春大吉鸿运开，遍地流金广财进
横批：天时地利

盛世和谐添锦绣，伟业腾飞更辉煌
横批：前程无量

宏图大展奔前程，财运亨通创大业
横批：无限光明

鸿运当头迎百福，吉星高照纳千祥
横批：迎福纳祥

春节喜庆，妙联助兴

事业辉煌年年好，财源广进步步高
横批：人旺财旺
迎新春前程似锦，贺佳节事业辉煌
横批：扶摇直上

国泰民安行政篇

东风化雨山山翠，政策归心处处春
横批：春风化雨
百年天地回元气，一统山河际太平
横批：国泰民安
壮丽山河多异彩，文明国度遍高风
横批：山河壮丽
百世岁月当代好，千古江山今朝新
横批：万象更新
春雨丝丝润万物，红梅点点绣千山
横批：春意盎然
迎新春江山锦绣，辞旧岁事业辉煌
横批：春意盎然
春色明媚山河披锦绣，华夏腾飞祖国万年轻
横批：山河壮丽
发愤图强兴大业，勤劳致富建小康
横批：科技致富

十二生肖报春篇

★【鼠年精选楹联】

春风拂绿柳，灵鼠跳松青

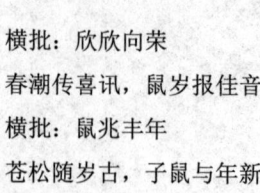

横批：欣欣向荣

春潮传喜讯，鼠岁报佳音

横批：鼠兆丰年

苍松随岁古，子鼠与年新

横批：辞旧迎新

丙辉腾瑞气，子庶乐丰年

横批：鼠年大吉

鼠颖题春贴，鹊舌报福音

横批：春和人畅

丙丁烈焰开新宇，子丑银花兆丰年

横批：新春大吉

丙辉耀福腾淑气，子舍承欢聚太和

横批：春满人间

丙年有庆猪辞岁，子夜无声鼠报春

横批：万象更新

才见肥猪财拱户，又迎金鼠福临门

横批：年年有余

窗花巧剪吉祥鼠，科技尊称致富神

横批：利国利民

春鼓频敲鼠嫁女，秧歌竞扭喜盈门

横批：金鼠闹春

稻菽千重金浪起，春风万里玉梅开

横批：春满神州

火树银花迎玉鼠，山珍海味列金盘

横批：春和人畅

吉祥鼠报丰收岁，科技花开富裕家

横批：发家致富

甲兵永戢书康乐，子庶同歌世共和

横批：国泰民安

甲第连云欣发展，子年遍地祝丰收

横批：欣欣向荣

春节喜庆，妙联助兴

甲子迎春多瑞霭，文明建国遍春风
横批：盛世和谐

灵鼠跳枝月影晃，春牛耕地谷香飘
横批：鼠兆丰年

灵鼠迎春春色好，金鸡报晓晓光新
横批：欣欣向荣

★【牛年精选楹联】

布谷迎春叫，牵牛接福来
横批：春意盎然

草发黄牛乐，春新紫燕歌
横批：喜迎新春

丑时春入户，牛岁福临门
横批：金牛献瑞

春催布谷鸟，人效拓荒牛
横批：勤劳致富

春来紫燕舞，节到黄牛忙
横批：五谷丰登

春暖青牛跃，山高碧水流
横批：无限风光

春新牛得草，世盛国幅辉
横批：繁荣昌盛

催春布谷叫，报喜牵牛开
横批：迎祥接泰

丰稔黄牛志，富强赤子心
横批：励精图治

欢度新春节，高歌小放牛
横批：春和人畅

金牛奔盛世，紫燕舞新春
横批：春满乾坤

人勤春来早，草发牛更肥
横批：发迹致富

瑞雪迎春到，金牛贺岁来
横批：金牛拱瑞

鼠趁三更去，牛驮五福来
横批：福寿即来

鼠遁春风至，牛携喜气来
横批：辞旧迎新

鼠去粮满囤，牛来地生金
横批：苦尽甘来

紫燕寻旧主，金牛舞新春
横批：春意盎然

岁首春到户，牛年福满门
横批：迎祥接泰

★【虎年精选楹联】

高崖伏虎啸，茅庐卧龙飞
横批：虎跃龙腾

事事都如意，虎虎有生气
横批：虎虎生风

丙部琳琅春馥郁，寅宾璀灿日光华
横批：春满乾坤

丑旧寅新宏图展，牛归虎跃春意浓
横批：辞旧迎新

丑去寅来千里锦，牛奔虎啸九州春
横批：虎年大吉

丑去寅来人益健，牛奔虎跃春愈新
横批：否极泰来

春风浩荡神州绿，虎气升腾岳麓雄
横批：春满乾坤

横批：春意盈门
虎气频催翻旧景，春风浩荡著新篇
横批：万象更新
虎添双翼前程远，国展宏图事业新
横批：国泰民安
虎啸大山山献宝，龙腾祖国国扬威
横批：国泰民安
虎啸青山千里锦，风拂绿柳万家春
横批：满地春晖

★【兔年精选楹联】

蟾宫降玉兔，庭院绽红梅
横批：春意盎然
丁年歌盛世，卯兔耀中华
横批：四海升平
红梅香小院，玉兔下人间
横批：满庭福瑞
红梅迎春笑，玉兔出月欢
横批：新春大吉
红梅迎雪放，玉兔踏春来
横批：迎福纳祥
虎去威犹在，兔来运更昌
横批：虎威兔发
虎去雄风在，兔来喜气浓
横批：虎威兔发
虎声传捷报，兔影抖春晖
横批：虎威兔发
虎威惊盛世，兔翰绘新春
横批：虎威兔发
虎啸青山秀，兔奔碧野宽

横批：虎威兔发

虎跃前程去，兔携好运来
横批：虎威兔发

金鸡迎曙色，玉兔揽春光
横批：春满家园

寅年春锦绣，卯序业辉煌
横批：前程似锦

玉兔迎春到，红梅祝福来
横批：迎福纳祥

玉兔迎春至，黄莺报喜来
横批：福禄双至

★【龙年精选楹联】

龙腾翻巨浪，虎啸动春雷
横批：**龙腾虎跃**

万众思改革，群龙志腾飞
横批：**繁荣昌盛**

燕语新华喜，龙腾大地春
横批：**普天同庆**

报春乐曲神龙吟，强国宏图众手描
横批：**国泰民安**

笔走神龙大手笔，春归盛世好青春
横批：**意气风发**

碧海惊涛龙献瑞，苍梧茂叶凤呈祥
横批：**天下大吉**

才闻兔岁凯旋曲，又唱龙年祝福歌
横批：**吉星高照**

彩凤来仪迎大治，金龙起舞庆新春
横批：**龙飞凤舞**

辰居其所众星拱，龙腾于天万国钦

春节喜庆，妙联助兴

横批：大展宏图
辰年迪吉千重瑞，龙岁呈祥四季宁
横批：龙耀新春
八面威风增国力，九州春色启龙年
横批：龙年大有
春到人间争虎跃，喜传域外庆龙飞
横批：春回大地

★【蛇年精选楹联】

戊辰传捷龙辞旧，己巳报春蛇迎新
横批：万象皆春
丰年龙腾盈喜气，新岁蛇跃涌春潮
横批：四季平安
龙腾祥云门接福，蛇吐瑞气户迎春
横批：向阳门第
巳岁迎春花开早，蛇年纳福喜报多
横批：春和景丽
金蛇狂舞春添彩，玉树临风喜满门
横批：时和岁好
祥龙兆祥蛇兆福，喜鹊报喜梅报春
横批：年年大发
金蛇披彩新春到，喜鹊登梅幸福来
横批：捷步青云
世纪神州添锦绣，蛇年伟业更辉煌
横批：春满神州
九州崛起龙蛇舞，十亿腾飞骐骥欢
横批：繁荣昌盛
寿草惊蛇开眼绿，春花惹蝶向阳红
横批：莺歌燕舞
龙岁才舒千里目，蛇年更上一层楼
横批：四海欢腾

楹联大全

灵蛇出洞吐春意，喜鹊登梅报福音
横批：欣欣向荣
横批：风调雨顺
灵蛇有意降春雨，绿叶无私缀牡丹
横批：芳草迎春

★【马年精选楹联】

人饮春节酒，马渡风月关
横批：前景辉煌

一堂开淑景，万马会新春
横批：喜气盈门

三春开盛纪，万马闯雄关
横批：志在四方

三春播喜气，万马荡雄风
横批：马到成功

万马奔腾日，九州幸福春
横批：四海升平

大地生香吐艳，神州跃马争春
横批：马到成功

飞雪片片凝瑞，马蹄声声报春
横批：祥瑞满庭

天马横空出世，腊梅傲雪迎春
横批：马到功成

日丽风和景艳，人欢马叫春新
横批：喜乐融融

人欢马叫丰收岁，狮舞龙腾改革潮
横批：国泰民安

人欢马叫升平世，燕语莺歌锦绣春
横批：春满中华

十分春色辉天地，万马蹄花入画图
横批：春满乾坤

春节喜庆，妙联助兴

★【羊年精选楹联】

三羊开泰日，万事亨通年
横批：喜气盈门

三羊开景泰，双燕舞春风
横批：阳春映日

三羊生瑞气，百鸟唤春光
横批：春满乾坤

马岁家家如意，羊年事事吉祥
横批：三羊开泰

马去抬头见喜，羊来举步生风
横批：羊盈瑞气

马啸英雄浩气，羊鸣世纪春光
横批：盛世新春

水秀山明草茂，羊肥马壮春荣
横批：锦绣山河

马岁荣光辉日月，羊毫遒劲续春秋
横批：更进一层

马步生风辞旧岁，羊毫挥墨写佳联
横批：新年大吉

马驰原野繁花茂，羊跃神州事业兴
横批：国富民强

马尾松青凝瑞雪，羊毫笔墨舞春风
横批：前程无限

马蹄踊跃驰千里，羊角扶摇上九霄
横批：万里鹏程

五羊献瑞增春色，百鸟争鸣唱福音
横批：喜乐浓浓

五羊献瑞人增寿，百鸟鸣春喜盈门
横批：家和事兴

百凤迎春朝旭日，五羊衔穗兆丰年

横批：如意吉祥

吉羊得草延春色，紫燕衔泥落好家
横批：吉祥人家

好鸟鸣春歌盛世，吉羊启运乐升平
横批：四海升平

驯马腾飞千里路，牧羊更上一重峰
横批：大展宏图

★【猴年精选楹联】

横批

大圣光临扬正气，小康喜过蔚新春
横批：一国呈祥

子夜羊随爆竹去，晓晨猴驾春风来
横批：金猴贺岁

天增岁月人增寿，猴献蟠桃鹿献芝
横批：福禄满门

火眼金睛开玉宇，红梅绿柳报新春
横批：金猴献瑞

丰年瑞雪宴华夏，猴岁良宵乐纪元
横批：神州春浓

玉羊毫多添文采，金猴棒大鼓雄风
横批：步步高升

玉兔探月观新岁，金猴捧桃笑丰年
横批：家顺业顺

玉兔出宫观盛世，金猴降世笑丰年
横批：盛世太平

玉宇清明春色好，金猴奋起国光新
横批：一国呈祥

玉羊捷足归栏去，大圣腾云降福来

横批：猴年大吉
玉燕迎春春永驻，金猴降福福常存
横批：前程锦绣
禾生嘉穗家家乐，猴献蟠桃处处春
横批：吉庆有余
羊留伟绩兆新运，猴展神威乐小康
横批：再接再厉
羊逐金花驰碧野，猴攀绿树步青云
横批：平步青云
羊毫扎笔描春色，猴子腾云振国威
横批：国富民强

【鸡年精选楹联】

横批

鸡年大吉　人勤春早　祖国长春　长治久安
江山多娇　大吉大利　吉庆丰稔　皆大欢喜
春意盎然　吉祥如意　光明在前　鸡传佳音

玉宇迎春丽，雄鸡昂首歌
横批：人勤春早
旭日光天地，金鸡报吉祥
横批：前途光明
迎春鸡起舞，创业国腾飞
横批：宏图大展
红鸡啼夜晓，黄犬吠年丰
横批：五谷丰登
鸟报晴和花报喜，鸡生元宝地生财
横批：财源广进
兆丰消息听瑞雪，报喜佳音看金鸡
横批：新年大吉

楹联大全

金鸡高唱丰收曲，紫燕喜吟幸福歌
横批：事事如意
一夜春风来小院，万家鸡韵报新春
横批：春满乾坤
一世清明开盛纪，百花烂漫缀鸡年
横批：国富民强

★【狗年精选楹联】

白梅凌雪尽，黄耳报春来
横批：狗年大吉
戌春人醉社，戌日客登门
横批：皆大欢喜
鸡舞三多日，犬迎五福春
横批：春和人畅
鸡携竹叶去，犬踏梅香来
横批：春满人间
金鸡交好卷，黄犬送佳音
横批：喜气盈门
九州日月开春景，四海笙歌颂狗年
横批：盛世太平
子夜钟声扬吉庆，狗年爆竹报平安
横批：新春大吉
三多竹叶雄鸡画，五福梅花义犬描
横批：春意正浓
天狗下凡春及第，财神驻足喜盈门
横批：喜从天降
丰年富足人欢笑，盛世平安犬不惊
横批：国泰民安
犬爱穷家天下贵，凤毛麟角世间稀
横批：富贵人家
日新月异雄鸡去，国泰民安玉犬来

横批：天下大吉

日新月异鸡报晓，岁吉年祥狗看门

横批：平安幸福

风流一代玩狮夜，气象千端入犬年

横批：喜气盈门

★【猪年精选楹联】

人开致富路，猪拱发财门

横批：财源广进

义犬守门户，良豕报岁华

横批：猪年大吉

巳呼迎盛世，亥算得高年

横批：国泰民安

天狗驱寒尽，宝猪带暖春

横批：惠风和畅

六畜猪为首，一年春占先

横批：前途无限

生财猪拱户，致富燕迎春

横批：招财聚宝

亥时春入户，猪岁喜盈门

横批：迎福纳祥

亥来四季美，猪献满身肥

横批：六畜兴旺

巳有长风千里志，亥为二首六身形

横批：大显身手

丰稔岁中猪领赏，新台阶上步登高

横批：平步青云

天好地好春更好，猪多粮多福愈多

横批：多劳多得

犬过千秋留胜迹，亥年跃马奔小康

横批：新年喜庆

牛马成群勤致富，猪羊满圈乐生财
横批：六畜兴旺
巧剪窗花猪拱户，妙裁锦绣燕迎春
横批：惠风和畅
吉日生财猪拱户，新春纳福鹊登梅
横批：迎财纳福
名题雁塔登金榜，猪拱华门报吉祥
横批：新年大吉
猪子一身皆是宝，亥年万事俱呈金
横批：财源滚滚
肥猪拱户门庭富，紫燕报春岁月新
横批：新春大吉

行业楹联，进喜迎财

行业对联的最大特点是贴切，无论行业宽窄、分支多少、店铺大小，对联都要切合其发展历史、代表人物、自身特点、社会地位等特征。

【经典行业楹联赏析】

酒馆联

中国的酒文化闻名中外，酒与中国古文化有着不解之缘。"劝君更进一杯酒，西出阳关无故人"，"葡萄美酒夜光杯，欲饮琵琶马上催"，千百年来，不知醉倒了多少文人墨客，也许酒馆联多少受了中国酒文化的熏陶，它像一瓮浓郁的美酒，陶醉着

春节喜庆，妙联助兴

一代代炎黄子孙。

有一家酒馆联这样写道：

酌来竹叶凝杯绿
饮罢桃花上脸来

此联对仗工巧，以"竹叶"对"桃花"，"竹叶"酒、"桃花"腮，如此形象、新奇，可见作者用词之独到，见情见智，明丽隽永，赏联之余，犹如在饮着一杯醇香的佳醴。

福州广聚楼联写得别有情趣：

美酒可消愁，入座应无愁里客
好山真似画，倚栏都是画中人

据说，此联是一位名叫区菊泉的人所撰。作者立意精湛，出手不凡。上联之意为：人说"借酒浇愁愁更愁"，这里却不，何也？除了美酒，能有何功？下楼说到楼美，到此地如同人在画中游，真是"似人间，不似人间"。

下联与上联相比，倒显得豁达、直白了许多，给人一种亲切之感：

为名忙，为利忙，忙里偷闲，饮杯茶去
劳力苦，劳心苦，苦中作乐，拿壶酒来

这是成都的一家酒楼联，联语自然天成似脱口而出，近于白话，细心品味，人间苦乐情状，可谓淋漓尽致矣。

兰州五泉山酒仙殿的酒店联这样写道：

酒当吃醉时，笑也真，说也真，露出真机，便带几分仙气
仙到修成后，天可乐，地可乐，得来乐趣，岂止一个酒狂

这副联写得淋漓洒脱，不遮不掩，将酒醉后的真情坦露无余，言外之意是在说，人间真情是在酒醉之后。也许，饮酒与成仙有关，但人能修成仙就不是像醉酒那么容易了。此联还采用镶嵌法两嵌"酒仙"二字，更是锦上添花。

药店联

顾名思义,药店联是宣传药物性能、医道医德方面的对联,药店联形式各异,有的以药名成趣,有的则直书胸臆,有的转类,有的嵌字,有的谐音,有的拟声,手法不同,各具千秋,不一而足。

请看一药店联:

神州到处有亲人,不论生地熟地
春风来时尽著花,但闻藿香木香

此联立意高妙,不同一般。上联巧用"生地、熟地"二味中药,自然贴切,言及祖国处处有亲人;下联言外之意,有妙手回春之方。再说,药店百草飘香,药到病除。联语亲切可爱,顺理成章。

过去有个医师叫程道周,他在自家的药店题了一副对联:

但愿人皆健
何妨我独贫

文如其人,从联语中人们会感悟到:程先生一定是一位心地善良,慷慨为人的好医生,简直与菩萨不差上下。与"但愿世间人无病,何妨架上药生尘"有异曲同工之妙,顿时便缩短了药家与顾客的感情和距离。

请看下联:

栀子牵牛犁熟地
灵芝背母入常山

全联用六种药名成对,每种为一个成语,"背母"即"贝母","常山"既是药名又是县名,联中只缀入"犁""入"二字,做为谓语把他们组成两个拟人化的生动句子,"栀子""灵芝"做了拟人化处理,在对仗方面"牵牛"与"背母"是动宾词组相对,"熟地"与"常山"是偏正词组相对,结构工整,平仄无差。

下联写得更是富有情趣:

益母丹参桂子

春节喜庆，妙联助兴

五加桑椹红花

此联由六味药名组成，不掺骠别字，而且更妙的是在联句谐音中转出新意，即可读成：

一母单生贵子
五家双送红花

此联可解释为一对夫妇生了一个孩子，亲戚、朋友、邻居相送红花以庆贺。联语中既宣传了我国的计划生育政策，又倡导移风易俗，勤俭节约，喜事从简的新风尚。"五家"言其多，非是定数。"送红花"解为大家在祝贺这对夫妇只生一个孩子的同时，又衬出敬佩、效仿之意，思想健康，颇有时代特色，是一副难得的好联。

理发店联

理发店联，在行业联中别具一格，不乏许多名联杰作。好的理发店联多立意独到，寓意无穷，或一语双关，或出奇制胜，给人以艺术的享受。

请看一家理发店联：

操天下头等大事
做人间顶上功夫

此联巧用双关语，将常用口语"头等大事""顶上功夫"巧入联中，使人有出奇不意之感，作者把一个普通的行当魔术般地升华到最高层位置，不能不说煞费了苦心。

下联也写得很巧：

提起刀人人没法
拉下水个个低头

此为旧日理发店联，联语采用了谐音双关法，上联在"发"字上大作文章，粗读"没法"，即没有办法，这里却指没有头发的意思，说的是理发的过程，下联虽无谐音字，

依然一语双关，"拉下水"会被人误解为受人贿赂、动摇思想之意，这里则是说洗头，品味此联，一定会对我国汉字的妙用叹服不已。

文如其人，太平天国首领石达开对理发行业赋予了另一种境界：

磨砺以须，问天下头颅几许
及锋而试，看老夫手段如何

传说石达开部下有一将领叫李文彩，原是剃头师傅，太平天国将领冯云山为他的理发店拟撰一联："磨砺以须，天下有头皆可剃；及锋而试，世间妙手等闲看。"石达开后来改成上联，联语中似乎在向顾客夸耀自己的手艺，实则是隐含着一个反抗者横刀立马的勃勃雄心，锋芒毕露，气度凛然。在幽默的字里行间闪动着刀光剑影，内容十分切合人物身份。

下联与此相比更是有过之而无不及，请看：

握一双拳，打尽冲冠英雄，谁敢还手
持三寸铁，削平肮脏世界，无不低头

近来，有人为一家美容店撰写一联，则显得风和日丽，联曰：

十美容颜，五分造化，五分妆成
两倾品貌，一半生成，一半饰成

此联用先合后分手法，在后面的分述部分，两个段句各具特色，出句言及生相美，对句言及装饰美。文理自然，相辅相成，可视为一副很好的广告联。

戏台联

戏台联语，是楹联的一种，多蕴含戏理和人生哲理，集文学与戏曲艺术为一体，闪烁着特有的光彩。

在戏台联中，下联可称为佼佼者：

演离合悲欢，当代岂无前代事

春节喜庆，妙联助兴

观抑扬褒贬，座中常有剧中人

此联好在居今鉴古，借己证人，以戏情洞察人物，其中之哲理妙在不言中。
请看下联：

铁板铜弦，高唱大江东去
琼楼玉宇，细听水调歌头

这副联则是写表演风格和观众审美感的联语，它巧妙地讲出戏曲舞台的诗情画意和戏曲表演或雄健豪放或秀隽清雅的不同风格。

戏台联，往往在述说戏剧中让人豁然领悟主题之外的道理，请看下联：

满场都是闲人，袖手旁观，听戏不如做戏苦
凡事终须结局，从头演起，上台容易下台难

此联妙在对句上，一句"上台容易下台难"，不知诸君会有何等感想。
下联则是写我国戏曲表演艺术特色的：

你一枪，我一刀，虽杀未恼
轿上来，马上去，非走不行

联语幽默，展示了戏曲演员虚实结合的表演形式，揭示了舞台上时空自由的美学原理。

下边一联写得甚妙：

做戏何如看戏乐
下场更比上场难

这是旧社会某戏院联，上联是说唱戏人不如看戏人，看戏的人多是豪门富绅，逍遥自在，唱戏人则是下九流，被人歧视凌辱。下联说上场难，下更难，是说难在艺术上，下场难，难在现实生活中。然而这里的下场难又分明是说人间的"失落"与"落魄"之境况，一语双关，言浅意深，令人拍案，联之高妙，就在于此。

会馆联

会馆，是旧中国都市中同乡或同业的封建性组织，但由其而派生出来的一些会馆文化，却凝聚和包藏了中国古文化之精华。其中以会馆联和戏台联较为明显。请看，济南浙闽会馆联：

　　同是南人，四座高风倾北海
　　来游东国，两乡旧语话西湖

中国是一文化古国，几千年来，人们生活在浓郁的古文化氛围中，喜怒哀乐无不被古文化包围的五彩斑斓，就是异地的游子，仍不忘用文化这一妙方去慰藉自己，抒发胸襟，言语之中读者会品味出作者思乡、爱国的游子之心，赤子之心。一个"东国"，一个"北海"，一个"西湖"，一个"南人"，以鲜明的对比，给人们展示了一个古老而凝重的空间，让人们浮想联翩。

保定浙绍会馆戏台联写得别有情致：

　　别馆接莲池，谱来杨柳双声，古乐府翻新乐府
　　故乡忆梅市，听到鹧鸪一串，燕王台作越王台

联语以"别馆"对"故乡"，"莲池"对"梅市"，"杨柳"对"鹧鸪"，"乐府"对"王台"，"新乐府"对"越王台"，北国风物对南国风光。可以说，对仗只是一种手段。作者只是通过对仗形式借以抒发游子久别故乡的眷恋之情。让人读之百感交集，肝肠欲断。一种不可名状的心情会在字里行间油然而生。好一个"燕王台作越王台"，多么高妙的联想，那是只有游子才能体会的情感。

会馆联多是通过故乡和异地的鲜明对映，或歌古国之风貌，或赞人文之景观，或畅宏图之高远，或忆乡邦之情感。给人以凝重、深沉的遐思。

北京四川会馆联这样写道：

　　此地可停骖，剪烛西窗，偶话故乡风景，剑阁雄，峨眉秀，巴山曲，锦水涛涟，不尽名山大川都来眼底
　　入京思献策，扬鞭北道，难忘先哲典型，相如赋，东坡文，太白诗，升庵科等，行见佳人才子又到长安

上联以家乡的自然景观入联,向人们自豪地展示了故乡之美。下联以家乡名人入题,像是在夸耀天府之国人杰地灵。会馆联在楹联殿堂中占有一席之地,它同名胜联一样被人们所喜爱。读一读会馆联会使你感受到中华民族血浓于水的火热情怀。

【现代行业楹联借鉴】

横批一(通用)

财源广进 满面春风物美价廉 便民利国
生意兴隆繁荣经济春意盈门 财源似水
买卖公平 顾客至上 服务人民 生财有道
春回大地春风得意春回华夏 春安夏泰
春满乾坤新春吉庆 春添快乐 长春不老
春韵各美春联祝福春风惠我春来喜气
春舒锦绣春光永驻 和气生财 文明经商

横批二(分类)

装点春色(服务店)良师益友(书 店)
祝君健康(药 店)妙手回春(药 店)
别开生面(理发店)春风满面(理发店)
风味芬芳(饮食店)四季飘香(酒 店)
清心提神(茶 馆)宾至如归(旅 社)

饮食行业

共对一樽酒,相看万里人
闻香须止步,知味且停车
烹煮三鲜美,调和五味羹
嘉宾同宴乐,胜友共加餐
座上客常满,杯中酒不空
到门都是佳客,入座皆为高朋
供饷东西南北客,欢迎江河湖海人
烹调有术邀上客,服务周全待佳宾
江上游踪名士鲫;酒边豪气美人虹

医疗行业

杏林三月景,枯井四时春
药圃无凡草, 松窗有秘方
但愿世间人无疾,仍愁架上药生尘
细考鱼虫笺尔雅,广收草木赋离骚
喜有药材称道地,架上丹丸能济世
更看医术可回天,壶中日月可回春
金丹益气增长寿,春暖杏林花吐锦
国药养神保健康,泉流枯井水生香
架上丹丸长生妙药,壶中日月不老仙龄
白头翁坐常山独活千年,红娘子上重楼连翘百步

交通部门

正道修通邪道废，客车满载满车客
车轮滚滚描长卷，梅花点点新春到
公路条条奔小康，汽笛声声旅客来
纬地经天，交织人间锦绣；马龙车水，频添大块文章
礼让三分，三分笑脸七分暖；情牵一路，一路春风九路歌
车窗似轴屏，摄进满眼诗情画意；公路如玉带，牵来万里绿水青山

电力行业

红日照万里，雄风鼓四化
明珠颗颗，照亮千村万户；电厂家家，送来火光能源
掌万家灯火，为江山生色；看一派光明，让日月增辉
百般伟业人为主，千家万户得温暖；各种能源电最佳，万国九州沐光辉
灯光千家同白昼，造福为民取水火；银光万里似晴天，腾飞建国赖能源

建筑公司

经营大厦　经营有大志；建造高楼　建筑多良才
高楼手中建，为国为民修大厦；重担肩上挑，保质保量竣工程
添瓦加砖筑大厦，万丈高楼平地起；安居乐业住新楼，千幢大厦手中兴
替国增光修大厦，矗立摘星脚手架；为人造福建高楼，建成顶日摩天楼
铺砖盖瓦为能手，大厦高楼能手盖；落户安家是福人，南房北屋福人栖

信息行业

智能伴信息，信息为财富；财源托春风，时间是金钱
创业兴家，刻刻时间莫放过；发财致富，行行信息要灵通
收听四海信息，信息灵通财源广；聚积八方财源，人才开发效益高
丰产多于肥田里，条条信息为财富；发财全在信息中，刻刻时间是金钱
无边信息天天至，市场动态靠信息；不尽财源日日来，群众需求看行情

银行、保险业

年年保险一年保险，岁岁平安四季无忧
户户家家人人保险，年年月月日日平安
风云不测您能免祸，水火无情我可救灾
水火无情公司有义，工农有难保险无私
集资金储银行行行锦绣，开富路支农业业业辉煌
为国守库，纵使有钱难买义，替民理财，须知无物可填贪
投保利公利己，存款有备无患，防灾为国为民，保险转危为安
保险防灾防害，保君年年满意，公司为国为民，让您事事顺心

旅店业

栈曲有云皆献瑞，房幽无地不生香
春夏秋冬一岁川流不息，东西南北四方宾至如归
饭香菜美喜供佳宾醉饱，褥净被暖笑迎远客安居
浮生若寄谁非梦，春夏秋冬一岁川流不息；
到处能安即是家，东南西北四方宾至如归。

日归日归莫为鹧鸪行急急,赤心迎来三江客;
有客有客且随燕子住依依,笑颜送去四海宾。

理发店

就我生春色,为君修美容
大事业从头做起,老工夫自手练来
莫谓胸中无点墨,敢夸手上有全能
不教白发催人老,更喜春风满面生
修就是番新气象,剪去千缕旧东西
四季发财全凭吾手,一家生计专靠人头

浴 池

香汤里有沉浮客,水池中多健康人(男浴室)
香生暖豆蔻,水出新芙蓉(女浴室)
到此皆洁己之士,相对乃忘形之交
温凉恰好堪称泉浴;寒暑相均可比天池
池中汤温请君入浴;足下顽疾由我来医
荡漾香汤和气脉流心涤虑;淋漓津汗长精神振衣弹冠

烟酒专营

画栋前临杨柳岸,青帘高挂杏花村
瓶中色映葡萄紫,瓮里香浮竹叶青

一川风月留酣饮，万里山河尽浩歌

酌来竹叶凝怀绿，饮罢桃花上脸红

酿成春夏秋冬雨，醉倒东西南北人

七不管八不管酒馆，兴也罢衰也罢喝吧

茶 馆

香分花上露，水汲石中泉

玉盏霞生液，金瓯雪泛花

夜白如烟捣，寒炉对雪烹

品清香趣更清，屡尝浓酽情愈浓

烹雪应凭陶学士，辨泉好待陆仙人

一杯春露暂留客，两腋清风几欲仙

泉从石出情宜冽，茶自峰生味更圆

熏心只觉浓如酒，入口方知气胜兰

山好好水好好开门一笑无烦恼，来匆匆去匆匆饮茶几杯各西东

水果店

尝来皆适口，咽去自清心

李桃交谊笃，桔袖及时登

春花开处处，瓜瓞自绵绵

火枣盐梅谈可佐，浮瓜沉李暑能消

乘时得熟皆堪食，见美何更取掷车

绿桔红柑奇香可挹，交梨大枣仙品同珍

春节喜庆，妙联助兴

服装店

聚来千亩雪，纺出万机云
云霞分五色，锦绣聚千纯
织成云霞锦，绣出草木花
欲知世上丝纶美，且看庭前锦绣鲜
万国山川藏彩线，四时花鸟贮金针
掌握千丝织就中天美锦，胸罗万象绣成上苑奇葩

鞋 店

步月凌波去，登堂入室来
步月能飞舄，登云可代梯
愿世人皆能容忍，惟此地必较短长
踵纳香尘登堂入室，履行花影步月凌云
小大由之总宜知足，修短合度方称乃心

帽 店

嘉名称博士，大礼重高冠
岂是簪缨世胄，不过冠冕家风
名重进贤剪云裁月，礼尊元服滴粉镂金
头寸自家寻大小深浅须合意，式样烦君多留意老少各随时

化妆品店

香水春雨润,粉面艳阳开

雪花滋润泽,香水溢芬芳

百美图中资润色,众香国里建丰姿

香送春风令神爽,粉添花气袭人来

晶瓶香低黄金露,粉匳膏涂白玉霜

蝶粉迷香栩栩入梦,燕脂润色飘飘欲仙

眼镜店

明察秋毫,日月重光

悬将小日月,照澈大乾坤

胸中存灼见,眼底辨秋毫

察及秋毫如照烛,看来老眼不生花

入户有春花秋月,隔窗望山色湖光

秋水澄清菱花七出,春山浮翠桂月双圆

远近模糊皆登快境,重光日月幸遇昌时

钟表店

可取以准,勿失其时

刻刻催人资惊醒,声声呼汝惜光阴

刻刻催人资警省,声声劝你惜光辉

归三百六旬于掌握,罗二十八宿在心胸

按部就班有条不紊,继日以夜无懈可攻

比二十四番之可取为准,合三百六旬而弗失其时

金银首饰店

奇搜山海,品重圭璋
光华能照乘,身价重连城
昆池明月满,合浦夜光回
四时恒满金银器,一室常凝珠宝光
闪烁圆匀珠辉照乘,光明磊落宝贵连城
海市珍罗鲛人贩卖,蓝田日暖龙女轮珍
龙女量珠晶宫耀彩,鲛人贩宝海市罗珍

涂料店

金碧丹青资色泽,门闾楹角焕光华
藻绘成文彰施有色,金碧夺彩云霞俪光
一抹生涯良工献技,万间广厦百姓欢颜
润及轻舟水波不入,光生朽木风雪难侵
此是春华秋实事业,并非东涂西抹东西

灯具店

不愁夕阳去,还有夜珠来
满室明如昼,流光夺月辉
日丽彩凤舞,霞飞巨龙腾

花放山河丽，光照天地新

光耀九天能夺月，辉煌一室胜悬珠

一花吐艳春风拂面，四壁生辉喜气盈门

文具店

囊中脱颖，梦里生花

花开五色，阵扫千军

造成草圣，提净松烟

乌玉藏偏好，黄金换未当

瓦留铜雀舌，水浥玉蟾新

良田喜我耕无税，美质如君磨不怜

佳制快传乌玉块，异香争羡紫霄峰

以纯为体以净为用，如玉之坚如砥之平

墨洒全壶青云敛采，匣藏铁砚紫汗凝光

玉管香浓花妍雨露，金壶纸洒纸泼云烟

是翰墨名家世业久推蒙氏创，作擘窠大字侯封遥领管城来

书 店

藏古今学术，聚天地精华

东壁图书府，西园翰墨林

欲知千古事，须读五车书

广搜百代遗编，嘉惠四方后学

架藏二酉图书润，室积三都翰墨香

远求海内珍藏本，快读人间未见书

大块文章百城富有，名山事业千古长留

春节喜庆，妙联助兴

翰墨图书皆成凤采，往来谈笑尽是鸿儒

报 社

日尽万言，风行四海
畅谈中外事，洞悉古今情
欧风美雨通消息，国事民情备见闻
发聋振聩多机警，观俗采风备见闻
日试万言具生花笔，风行四海付致书邮
公月旦评见闻悉备，执春秋笔褒贬无私
数千年治乱兴衰都归大手笔，几万里见闻考核颇费小才华

画 店

意飘云物外，诗入画图中
丹青饰山水，金碧绘楼台
大地山川生笔底，九州岛人物出毫端
竹树楼台弹指即现，烟云丘壑着纸而成

印 刷

万言立就，一字不差
心思依样巧，手段聚珍佳
錾金映出千行锦，点石刊成五彩文
依样葫芦尽宜模仿，本来面目不失丝毫

心情相印奇文赏鉴,精神振刷大雅扶轮
铅椠发明天山比巧,风云迅速圣手让能

剧 社

英雄儿女事,丝竹管弦声
此曲只应天上有,斯人莫道世间无
胸中具成竹,舌底翻莲花
把古往今来重新说起,将悲欢离合再叙从头

生殁迁娶，宣情绝笔

SHENG MO QIAN QU XUAN QING JUE BI

人，有生便有死，有嫁便有娶，有住便有乔迁之喜，每每此时，我们总是会贴上一副或几幅楹联，用来表达或悲或喜之情，这显然不是什么装腔作势，而是已经约定俗成的规矩。在这里，楹联的作用就是要把悲痛之情渲染得无以复加，要把喜悦之情调和得更加浓烈。

生日吉联

为庆贺父母、长辈或亲朋好友的生日而撰写的对联叫寿诞联。寿诞联应在"寿"字上做文章，寿诞联要尽力去表达欢愉之情，应选热烈、积极、具有活力的字句入联，主要以歌功颂德、评价业绩、祈祝康健等方面入笔，有的寿联还切入时令、年岁或身份等。

最早的一副寿诞联应为北宋孙奕《履斋示儿篇》中所载：黄耕庚夫人3月14日生，吴叔经作联贺道：

　　天边将满一轮月
　　世上还钟百岁人

联语诗味犹浓，且立意精巧，笔致含蓄、自然，比喻得法，韵味无穷。
写寿联多借助比喻手法，并多以长寿之物以咏之，如：

　　汉柏秦松精神
　　商彝夏鼎气概

下联是将寿者的岁数切入联内，加以发挥。请看：

　　数百岁之桑弧，过去五十，再来五十
　　问大年于海屋，春华八千，秋实八千

联中"桑弧"即用桑木做的弓，这里寓指男子当立志四方，"大年"指长寿，"海屋"为古人祝寿之吉辞。此联笑傲人生，大度浪漫，用典贴切，想象丰富，乃寿诞联中之精品。
也有自作寿联者，请看郑板桥自寿六十岁联：

　　常如作客，何问康宁，但使囊有余钱，瓮有余酿，釜有余粮，取数叶赏心旧纸，放浪吟哦，兴要阔，皮要顽，五官灵动胜千官，过到六旬犹少
　　定欲成仙，空生烦恼，只令耳无俗声，眼无俗物，胸无俗事，将几枝随意新花，纵横穿插，睡得迟，起得早，一日清闲

似两日,算来百岁已多

作者以豁达的笔触,写出自己六十生日的出世心境,我们不妨将其看作是他辞官后的养生之道。

作寿联应注意以下几个方面:

第一,要根据寿者的情况有针对性地构思遣词,不要面面俱到,而忽视了主要方面。

第二,联语要与寿者的身份、年龄、职业、功绩等相当,用典要恰当。

第三,联语不要使用那些陈腐言辞;

第四,寿联用语要分清性别,不可混用,而致使意象面目皆非。

【附:常用寿联】

横批

通用

  寿比南山 老当益壮 福寿延年 福乐安康
  合家同庆 生日快乐 人寿年丰 莱彩承欢
  康乐宜年

男寿

  鹤算筹添 庚星耀彩 大椿不老 南极星辉
  鸠杖熙春 共颂期颐 榴花献瑞 古柏长春
  甲第增辉

女寿

  蟠桃献寿 星辉宝婺 金萱焕彩 璇阁大喜
  婺宿腾辉 萱庭日丽

双寿

椿萱并茂　天上双星　庚婺同明　柏翠松青
盘献双桃

【五十寿联】

海屋筹添春半百，琼池桃熟岁三千
庭帏长驻三春景，海屋平分百岁筹
五十华诞开北海，三千朱履庆南山
半百光阴人未老，一世风霜志更坚
五岳同尊唯嵩峻极，百年上寿如日方中
学到知非宏开寿域，年齐大衍共晋霞觞
人方中午五十日艾，天予上寿八千为春
花甲正圆十年再造，林壬入颂百岁半临
数百岁之桑弧过去五十再来五十，问大年于海屋春华八千秋实八千

【六十寿联】

南山欣作颂，北海喜开樽
筵前倾菊酿，堂上祝椿龄
坐看溪云忘岁月，笑扶鸠杖话桑麻
红梅绿竹称佳友，翠柏苍松耐岁寒
八月秋高仰仙桂，六旬人健比乔松
甲子重新如山如阜，春秋不老大德大年
花好月圆庚星耀彩，兰馨桂馥甲第增辉
喜享遐龄寿比南山松不老，欣逢盛世福如东海水长流

【七十岁寿联】

人歌上寿，天与稀龄
三千岁月春常在，六一丰神古所稀

三千朱履随南极，七十霞觞进北堂
入国正宜鸠作杖，历年方见鹤添筹
当看山河今宛在，谁言七十古来稀
青霜不老千年鹤，锦鲤高腾太液波
童颜鹤发寿星体，松姿柏态古稀年
杖国鸠扶人歌上寿，筹添鹤算天与稀龄
桃熟三千欣看献瑞，旬天八十庆溢添筹
海屋添筹古来稀者今来盛，华筵庆衍福有五兮祝有三

【八十寿联】

鸾笙合寿和声乐，鹤算同添大耋年
四代斑衣荣耋寿，八旬福媭庆遐龄
沧海月莹寿母相，瑶台仙近女人星
菱花当面照黄发，竹叶入唇醉耋龄
八月称觞桂花投肴延八秩，千声奏乐萱草迎笑祝千秋
逾古稀又十年可喜慈颜久驻，去期颐尚甘载预征后福无疆
两番画获昌欧门六一堂玉为树，群星奉觞祝金母三千年桃始花
梓舍功高庆麟阁双登寿母八旬跻八座，苏枝荫大值霓裳同咏名经千佛祝千春

【九十寿联】

瑶池果熟三千岁，海屋筹添九十春
四化行春新岁月，九旬益健老青年
人近百年犹赤子，天留二老看玄孙
耄耋齐眉春深爱日，孙曾绕膝瑞启颐年
明月有恒纪年合献九如颂，长春不老添润当称百岁人
设帨溯当年喜花甲一周又半，称觞逢此日祝萱颜百岁有奇

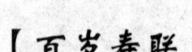

【百岁寿联】

百岁为上寿，一言乃千金

盛世常青树，百年不老松

洵似人间真瑞，居然天上神仙

蓬莱盘进长生果，玳瑁筵开百岁觞

琼材歌舞群仙会，海屋衣冠百寿图

人作不满公今满，世上难逢我竟逢

福海朗照千秋月，寿域光涵万里天

天边已满一轮月，世上同钟百岁人

乐奏云璈歌百岁，德辉彤史祝千秋

活百岁松钦鹤羡，数一生苦尽甜来

上寿期颐庄椿不老，君子福履洪范斯陈

孙子生孙上寿同臻称国瑞，老人偕老百年共乐合家欢

明月有恒纪年合献九如颂，老春不老添闰当称百岁人

数百岁之桑弧过去五十再来五十，问大年于海屋春华八千秋实八千

白事挽联

人们用以对先人、死者表示缅怀、寄托哀思的对联为致挽联，这种对联，主要在"挽"字上下工夫，以表达人们对死者的景仰之情。

请看挽国学大师章太炎联：

经学驾唐宋之上
其人在儒侠之间

联中对章太炎一生做了概括性的评价，上联赞学问，下联颂人品，字精意穷，大气磅礴，笔墨传神。

戊戌变法失败后，六君子之一的谭嗣同被杀后，其父谭继洵（时任湖北巡抚兼湖广总督）闻讯无尚悲哀，即撰一联挽之，联曰：

生殁迁娶，宣情绝笔

谣风遍万国九州，无非是骂
昭雪在千秋百世，不得而知

联句着墨不多，却寓意深远、含蓄。作者虽未对死者做正面评价，然言外之意已甚明白，非大手笔莫及也。据传，戊戌八月嗣同居北京绳匠胡同浏阳会馆，此时，大刀王五愿保其出门逃往日本，谭不肯，恐累其父，甘愿受死。嗣同死后，其父即被革职，若嗣同逃，罪也不过如此。故嗣同死实伤父心，使国失栋梁。惜哉，痛哉。

为人写挽联要注意：
第一，称颂死者功绩要实事求是，不要随意拔高；
第二，不宜用华丽辞藻或空话、套话，以免以辞掩意。
第三，注意挽者与死者的关系，用词要得当，感情要凝重。

【附：常用挽联】

横批

福寿全归	典型宛在	典范长存	风木悲伤
松柏风凋	挥泪含悲	苦雨凄风	五夜风凄
音容宛在	返魂无术	夜月鹃啼	鹤驾西天
碧落黄泉	含笑九泉	痛切五中	德集梓里
千古流芳	骑鲸西归	宝婺星沉	淑德可风
名留后世	永垂不朽	松柏长青	风落长空
楷模宛在	驾返蓬莱	鹤归华表	驾返瑶池
悲深磐石	诒谋犹存	典则犹存	磐石兴悲

【通用联】

陇上犹留芳迹，堂前共仰遗容
美德堪称典范，遗训长昭泣人
一生俭朴留典范，半世勤劳传嘉风
慈竹当风空有影，晚萱经雨似留芳

流水夕阳千古恨,凄风苦雨百年愁
桃花流水杳然去,明月清风几处游
流芳百世遗爱千秋,音容宛在浩气常存

【挽父】

深恩未报惭为子,隐憾难消忝作人
多感佳宾来祭奠,深悲严父去难留
屋内儿哭慈父逝,门前吊客履霜来
只见三秋多苦雨,谁知九月别严亲
亲厌尘纷,寿终正寝归蓬岛;儿慈手泽,眼流双泪滴麻衣

【挽母】

莫报春晖伤寸草,空余血泪泣萱花
慈竹当风空有影,晚萱经雨不留香
冰霜高洁传幽德,圭璧清华表后资
直骨尤超古鹤上,慈教仍存青云中
良操美德千秋话,高节良风万古存
看月瞻云慈容在目,期劳戒逸母训铭怀
祸及贤慈,当年顽梗悔已晚;愧为逆子,终身沉痛恨靡涯
慈母东来,绕膝慕深萱草碧;彩云西去,献觞悲断菊花黄

【挽父母】

恩育儿孙情天长,爱心不逝似地久.
恩育儿孙连天长,爱泽后辈比地久.
慈恩育后情无私,爱心泽人芳流长
先妣饱经风霜苦,儿孙永铭养育恩
恩育儿孙如地厚,福泽后辈似天高

天人下凡哺育子贵女孝，正果终成今日重归仙班

慈恩难忘，音容永在如地久，爱泽共存，教诲长留似天长

【挽祖父】

执父杖频添血泪；扶祖灵倍动伤情

叹祖父真心一片；痛小孙空泪两行

两世一身承重任；三杯九叩奠灵前

风起云飞，室内犹浮诫子语；月明日黯，堂前似闻弄孙声

北堂椿茂，方期白发三千丈；黄泉路远，忽隔蓬山一万重

怜慈祖瘦骨支离，焉知鹤背堪任；哀弱息泪尽血继，漫道魂兮难归

菽水虽薄，幸九旬大父常受孙曾奉；黄泉却远，哀一堂儿女永绝椿萱荫

【挽岳父】

丁年病入黄家路，午夜惊颓太岳峰

峰顶大人嗟已矣，膝前半子痛何如

泰岳无云滋玉润，东床有泪滴冰清

德范堪饮，惟冀泰山常荫婿；鹤龄方祝，孰期冰鉴顿捐尘

半子荷深恩，玉镜台前承色笑；一朝悲怛化，璇闱堂上失慈晖

【挽岳母】

自入婿乡蒙厚爱，何堪甥馆杳慈云

凄凉甥馆慈云黯，缥缈仙乡夜月寒

【挽妻】

春风闲楚管，明月断秦箫

落花春已去，残月夜难圆

窗竹鸣秋雨，床琴断夜弦

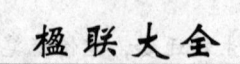

春江桃叶莺啼湿,夜雨梅花蝶梦寒

钗逐燕飞,影分鸾凤悲菱镜;梭停龙化,尘染鸳鸯废锦机

负我多情,空抱鸳鸯偕老愿;祝卿再世,重寻鹣鲽未完盟

终年辛劳,衣食无双,以致累君贫到老;顿时醒悟,合计一番,自然先我死为佳

最怜儿女无知,犹自枕畔娇啼,问阿母重归何日;但愿苍穹有眼,补此人间缺憾,许良缘再结来生

【挽夫】

花为春寒泣,鸟因肠断哀

每思田园共笑语,难禁空房悲泪流

碧水青山谁作主,落花遗孀总伤情

无禄才郎,长夜不醒蝴蝶梦;伤心少妇,深宵悲听子规啼

生立奇功,死留典范,九泉瞑目君无憾;上侍高堂,下抚子女,一家重担我来挑

君去矣,万事独任艰难,能无追念前徽深为吾痛;儿勖哉,尔父既归泉壤,尚其各自努力克振家声

【挽同辈亲属】

杨柳春风怀逸致,梨花寒食动哀思

玉树栽来欣擢秀,琼枝萎去动悲怀

不图花萼终联集,何忍雁行各自飞(挽兄弟)

幸托丝罗荣分椿荫,悲歌蒿薤空奠椒浆(挽亲家)

魂兮归来,夜月楼台花萼影;行不得也,楚天风雨鹧鸪声(挽兄)

贞静幽娴,姊妹行中惟独冠;凄凉寂寞,杜鹃声里暗伤神(挽堂妹)

原上春深,鹡鸰音断云千里;林梢夜寂,鸿雁声哀月一轮(挽兄)

风片雨丝,萧飒忽摧女贞荫;莺啼燕语,凄凉偏杂子规声(挽亲家)

人羡陆家姑,万事补缝能爱弟;我仪张玄妹,一时荣秀不留春(挽妹)

同气遽分途,原隔秋风魂不返;异时谁共被,池塘春草梦难通(挽弟)

【居丧三年联】

一生事主承亲愿，三载蒙神示孝思

服改初心愁未改，丧除旧俗恨难除

丧除自是蒙神庇，服改依然事主诚

离别三年音容尚在，雍和一室典范犹存

苦海渡完欢登福地淑女典型今尚在，路程跑尽乐戴华冠夫人模范永留存

【挽师长联】

为国育才曾尽瘁，案积芸香存手泽。

满园苗株伤化雨，一门桃李哭春风

春蚕到死丝方尽，蜡炬成灰泪始干

一世风流赢来桃李遍华夏，几番磨炼铸就丹心照汗青

桃李悼良师从今不复闻教诲，教工伤益友忆昔徒嗟失音容

一世献忠贞南山松柏长苍翠，九天含笑意故园桃李又芬芳

想见音容云万里，传道授业真夫子；欲聆教诲月三更，耳提面命好先生

【挽烈士联】

魂魄托日月，肝胆映河山

正气留千古，丹心照万年

舍己为人当仁不让，赴汤蹈火见义勇为

青山绿水长留生前浩气，苍松翠柏堪慰逝后英灵

忠魂不泯热血一腔化春雨，大义凛然壮志千秋泣鬼神

功同日月先烈英名垂青史，誉满山河英雄遗志展宏图

嫁娶吉联

结婚，是人生的一件大事，喜庆祝福是婚嫁仪式的内核。结婚以悬联的形式志禧，是我国人民的传统习俗。一副热烈、吉庆、幽默的婚嫁联会给婚礼增加无限情趣。过去的婚联多带有低级、庸俗、教条的味道，近代婚嫁联内容不断翻新，除了对吉祥之辞增添新的含量，有人还将新郎、新娘的年龄、姓名、职业、恋爱过程融入或嵌入联句之中。这是婚嫁联的一个创举，不断为人们所接受。写婚嫁联最忌讳庸俗、低级趣味之词，它不但会大煞风景，而且有的还会闹出麻烦。

这是一副旧婚联：

　　白玉壶中凝琥珀
　　夜光杯里斟葡萄

联句虽对仗工整，用字精巧，但寓意低俗，无可取处。

有这样一副婚嫁联写得别具一格：

一阳初动，二姓克谐，庆三多，具四美，五世其昌征凤卜

六礼即成，七贤毕集，奏八音，歌九如，十全无缺羡鸳和

此联巧用数字对，把一个婚嫁场面写得红红火火，"一阳"，有"春来""婚喜"之意；"二姓"，指结缔婚姻的男女双方；"三多"指"多福、多寿、多子孙"；"四美"，指良辰、美景、赏心、乐事；"五世"，典出《左传》，是说懿氏占卜择婚卜辞中有"五世其昌"等吉语；"六礼"，古代缔结婚姻的六种手续；"七贤"，指魏晋"竹林七贤"；"八音"，指古代的八种乐器；"九如"，是祝贺福寿的吉词；"十全"指事物完美无缺，十全十美。值得一提的是，十个吉祥的语句，均有出处，选典构句，恰到好处，联句陈而不腐，自然贴切，平仄对仗，工整协调，声韵并茂，为婚嫁联中屈指者。

如果说上例婚嫁联写得典雅的话，那么下例联则写得十分诙谐幽默了，请看：

　　十八年前不谋面

二三更后便知心

显而易见，此联是一副旧年婚联，上联写出因包办婚姻显现的情状，下联写出了新婚夫妻的亲昵之情。也有人说这是一对新婚夫妻的对话。联句对工精巧、朴实。生活气息尤浓。

写婚嫁联要注意以下几点：

第一，要提倡宣传婚姻法。倡导婚姻自主，反对包办婚姻。

第二，要宣传节俭办婚礼，优生、优育等新时尚。

第三，勉励新婚夫妇，互敬互让，努力学习，共同进步，为社会作出贡献。

第四，注意用词文雅、大方，不可用庸俗、戏谑之辞。

最后，写婚联要注意结合时令、姓名、职业等来写，能给人以贴切、新颖、亲切的感觉。

【附：常用喜联】

燕尔新婚百年佳偶珠联璧合鸾凤和鸣

笙磬同谐心心相印龙腾凤翔玉树琼枝

永结同心喜气生辉　喜气盈门

百年歌好合，五世卜其昌

当门花并蒂，迎户树交柯

方借花容添月色，欣逢秋夜作春宵

百年恩爱双心结，千里姻缘一线牵

一对璧人留小影，无双国土缔良缘

皓月描来双影雁，寒霜映出并头梅

双飞却似关雎鸟，并蒂常开连理枝

江上渔歌白鸥同舞，舟中春暖紫燕双飞

景丽三春天台桃熟，祥开百世金谷花娇

满架蔷薇香凝金屋，依槛芍药花拥琼楼

白首齐眉鸳鸯比翼，青阳启瑞桃李同心

春暖花朝彩鸾对舞，风和丽月红杏添妆

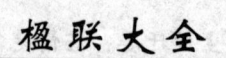

红梅吐芳喜成连理,绿柳含笑永结同心

不愿似鸳鸯嬉戏浅水,有志像海燕搏击长风

相敬如宾莫道妇随夫唱,情深似海休言女卑男尊

缕结同心日丽屏间孔雀,莲开并蒂影摇池上鸳鸯

花烛下宾客满堂齐赞简朴办事,洞房中新人一对共商勤俭持家

乔迁吉联

  人们在喜迁新居时,往往要写上一副对联,以渲染喜庆气氛,这种对联我们称之为乔迁联。历史上的乔迁联发现的不多,大概是近代派生出来的。随着社会的发展和人们生活水平的提高,乔迁,已成为人们生活中的一件大事,因此,乔迁联在楹坛中将占有一定的位置。

  在过去,乔迁联主要写一些雍容尔雅之辞,如:

吉星高照

福地呈祥

水如碧玉山如黛

凤有高梧鹤有松

再如:

择居仁里和为贵

善与人同佳为邻

此类联在遣词造句上别无挑剔,但却少有新意。

看下联:

华堂锦乡江山添异彩

甲第祥和农户乐重光

此联不但洋溢着乔迁的喜庆之气,还歌颂了国家的昌瑞,农户生活的美好,全联对仗工整,用词热忱,平仄和谐,不失为一副佳作。由此可见,无论什么作品,只要它融入了时代精神,表现时代的真实风貌,自然高出一格。

  写对联,同其他文学创作一样,贵在出新,此联句不仅写出了乔迁的喜庆气氛,

生殁迁娶，宣情绝笔

而且重在写出了时代的大背景，透过对联，可使人看到在改革之年人们以喜悦的心态步入小康、走向富裕，建设自己的美好家园。

过去写乔迁联，多以颂扬乔迁之家地势之佳妙，房屋之宽敞，装饰之华丽，生活之美满等，不免泛泛之辞。写乔迁联也应同写婚嫁联同，多结合人物、季节、职业等特点加以描述，融入或嵌入联中，将会产生全新的效果。然而最重要的是要将时代精神与时代特征融入联中，但要避免说大话、空话和一些套话。

【附：常用乔迁联】

横批：

秋辉碧阁　方值运享　新居贺日　主福新居
德占仁里　乔木莺迁　栋宇聿新　主恩盈屋
择处得仁　喜迁新居　吉星高照　福地呈祥

上林春色早，乔木知音多
仁风春日照，德泽福星明
新春迁新宅，福地启福门
春临福宅地，福载善人家
喜讯悄入户，金鸡早叩门
宝盖万年在，华厦千秋辉
小院更新承德政，合家祝福话天伦
四合宅院花馨满，五德人家笑语喧
民重农桑能富国，光增新第喜齐家
燕过重门留好语，莺迁乔木报佳音
基实奠定千秋业，柱正撑起万年梁
家居绿水青山畔，人在春风和气中
莺声到此鸣金谷，麟趾于今步玉堂
迁入新宅吉祥如意，搬进高楼福寿安康
吉日迁居万事如意，良辰安宅百年遂心

旭日随心临吉宅，春风着意入新居
画栋连云燕子重来应有异，笙歌遍地春光长驻不须归
华构式颖式构华，大厦纳珠昌门第；新居时艳时居新，华堂聚宝乐世家
胸怀大志创大业，勤苦俭朴创大业；心寓雄才建雄图，奋发图强辉前程
设计精美喜开怀，混泥坚基建大厦；建修坚固乐称心，钢骨框架筑高楼
华构竣工乡增丽，琼宇金颜乐宾客；琼宇落成市添颜，华构玉容喜谊亲

联趣故事，何止谈资

LIAN QU GU SHI HE ZHI TAN ZI

有人的地方就有故事，楹联中自然不乏故事。当然，这故事或许只是传说，这传说中有讽刺、有诙谐，有庄严、有愤慨，有才子佳人，更有嬉笑怒骂皆文章，然而，我们不能仅仅把它当成故事或是笑话来看，因为里面蕴藏的是更深的学问。

楹联大全

王羲之三贴春联

东晋王羲之,字逸少,琅琊临沂(今山东省临沂市)人。是我国历史上最著名的大书法家,独创圆转流利之风格,兼善隶、草、正、行各体,人们尊称他为"书圣"。称赞他写的字是"龙跳天门,虎卧凤阁",被视为珍品。

传说有一年,王羲之刚搬进新居,又喜逢新春佳节,他文兴大发,挥毫写了一副门联:

　　春风春雨春色,
　　新年新岁新景。

王羲之叫儿子贴在大门口,不料,贴出不久,就被当地酷爱他手迹的书法爱好者偷偷揭走了。不得已,王羲之只好再写一副对联:

　　莺啼北里,
　　燕语南邻。

谁知才贴出不久,又被人悄悄揭去了。临至除夕,急得王夫人只得催他再写一副。王羲之略一沉思,笑嘻嘻地取过文房四宝,执笔又写了一副,叫儿子将对联拦腰剪断,先贴上半截:

　　福无双至
　　祸不单行

这半截对联贴出后,人们看了,认为不吉利,再没有人来揭去贴在自家门口了。大年初一,王羲之早早起床,亲自将对联的另半截,贴在下面。于是,全联就成为:

　　福无双至今朝至;
　　祸不单行昨夜行。

街坊邻里一看,无不拍手称妙。

张兰张芳答武后

唐武则天(690－704)时期,宣化府附近有一对神童姐妹。姐姐张兰十三岁,妹妹张芳九岁,姐妹俩聪明过人,特别善于作诗联对。这消息传到女皇帝武则天的耳朵里,她不大相信,便传下一道圣旨,命宣化府火速把姐妹俩送到京都。

联趣故事,何止谈资

金銮殿上,姐妹俩对武后提出的各种问题对答如流,武后听了十分惊奇。接着,武后出联要张兰对:"河里荷花和尚掐去何人戴?"

这是异字同音联,"河、荷、和、何"四字同音,出得新奇别致,要对下联很不容易。满朝文武听了,都不由得皱眉摇头,替张兰担心。没想到那张兰斜瞟了一旁为武后弹琴的美女一眼,开口就对:"情凝琴弦清音弹给青娥听。"武后面露喜色,连连颔首。两旁的官员们也扬眉舒气,低声议论"情、琴、清、青"这四字同音对得更妙。

武后接着问张芳:"朕还有一副绝对,你能不能对上?"随即吟出上联:"冰冻兵车兵砸冰冰碎兵车动。"

联中"冰、兵"同音,"冻、动"同音,十二字一气呵成,珠联璧合,确是"绝对"。大臣们手里又捏了一把汗,不约而同地把目光集中到张芳的脸上,只见她歪着头,转着一对又大又亮的黑眼珠,稍稍一想即对道:"龙卧隆中隆未龙龙自隆中飞。"

武后听了十分高兴。众大臣齐声夸赞:"诸葛亮隐居隆中的真情,被这小女娃一语道出了。"武后越听越高兴,即令摆酒设宴,款待这对小姐妹。

席间,武后拉着张芳的小手说:"朕爱你才思敏捷,又知礼节,想留你在我身边,你愿意吗?"张芳听了,脸上露出悲伤的神色,低头不语。武后又说:"你默许了,好,就这么定了。你现在就做一首离别诗,送送你姐姐吧!"

小张芳慢慢地站起来,离席即吟:"别路云初起,离亭叶正飞,所嗟人异雁,不得一行归。"

吟罢,眼泪夺眶而出。满朝文武见状,纷纷放下杯箸,嗟叹不止。武后也长叹一声,说:"同来同归,二女之愿也!看来真是欲去不可留啊!"于是感叹一番,才命人把张兰和张芳送了回去。

李白巧对胡乡绅

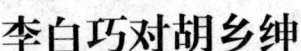

尊称为"诗仙"的唐代大诗人李白,字太白,号青莲居士,是我国最著名的浪漫主义诗人,他不仅为后人留下了无数光辉灿烂的诗篇,而且他的对句也独具风采。长江三峡一带,至今还流传着他的一些脍炙人口的对句。

唐开元十三年春,风华正茂的李白为了实现他的凌云壮志,踏上了漫游天下的旅途。一天,他路过三峡重镇南浦(今万县),与当地诗友吟诗作赋联对。当地有个不学无术,却又喜欢附庸风雅的胡乡绅,十分嫉妒李白的文才,以祝寿为名,请李白及众诗友赴宴。

酒过三巡,胡乡绅虚情假意地对李白说:"久闻先生才华横溢,老夫有一上联,

只是苦无下联,今请先生玉成。说完,摇头晃脑地念道:

梁山栽大竹,无须淋水;

胡乡绅的上联是由三峡一带三个县名组成,自以为绝妙,可以难倒李白。哪知李白,当即也用三个县名,答道:

南浦人长寿,何惧丰都。

胡乡绅自知才气不如,怕再对出丑,连忙陪笑说:"请喝酒,请喝酒!"

老僧巧对宋之问

唐代诗人宋之问被贬越州(今浙江绍兴),顺路到杭州灵隐寺一游。

灵隐寺位于西湖北面灵隐山麓,是佛教禅宗十大古刹之一。创建于东晋咸和元年,规模宏大,气势雄伟,岩洞石壁,景色幽静。宋之问见景生情,便吟了一句:

楼观沧海日;

但怎么也想不出下联来。这时,旁坐念佛的老和尚却信口对出:

门对浙江潮。

宋之问一听,大惊,正欲请教老僧法号,老僧已进禅房了。

宋之问夜间重游灵隐,只见寺内月光皎洁,松筠与泉石互映,树影婆娑,但觉秋气逼人,微有寒意,心有所触,又吟一句:

岭边树色含风冷;

谁知,任他如何苦苦思索,总是难得有合适的下联。宋之问眉须不展,在寺内踱来踱去。此番情景,又被一旁打坐的老僧看到了。老僧对宋之问说:"我替你再对下联如何?"接着吟道:

石上泉声带雨秋。

宋之问大喜,一把抓住老僧的手,请告法号,两人一见如故,彻夜长谈。原来这位老僧就是隐居在这里的"初唐四杰"之一——骆宾王。

苏东坡愧添门联

苏东坡是一代词宗,他的词开豪放派之先河,对后代影响深远。他的诗文书法,

联趣故事,何止谈资

造诣很深,成就超过了他的父亲苏洵、弟弟苏辙,是北宋"三苏"中的佼佼者。

苏东坡是四川眉山人,自幼博览群书,才智过人。八岁时,曾因纠正老师的错误,令老塾师刘微之自惭形秽。十一岁时,写了著名的《黠鼠赋》。从此,名闻遐迩,常常受到称赞。

少年的东坡,有点名气之后不禁沾沾自喜,有些飘飘然了。有一年除夕,他的父亲叫他写一副对联。他乘兴写了:

识遍天下字,
读尽人间书。

这样一副对联,贴在大门上。

几天后,来了一位白发老翁,手持小书一本,口称:"特来向苏公子求教。"苏东坡看到有人上门求教,心里很欢喜。不料,接过老翁的小书打开一看,不禁呆了。因为书上的字,他一个都不认识。老翁笑道:"请苏公子赐教。"

苏东坡顿时面红耳赤,只得认错,"请老爷爷原谅,小生一时狂言。"经过这次教训,苏东坡才明白,世界很大,学问似海,自己不过是井底之蛙。他感到十分惭愧,拜谢老翁之后便提笔到门口,在上下联前各添两个字。把原对联改成为:

发愤识遍天下字;
立志读尽人间书。

从此以后,苏东坡立志发愤学习,苦读,并虚心求教,终于成为一代大文豪。

苏东坡巧对两则

智对黄庭坚

苏东坡和黄庭坚二人都是北宋时的大文学家、书法家。黄庭坚出苏东坡门下,是"苏门四学士"之一。两人又是好朋友,经常在一起吟诗、填词、弈棋、联对。有一次,他们在一棵大松树下下围棋,突然一颗松子掉在棋盘上,黄庭坚即景出了上联:

松下围棋,松子每随棋子落;

苏东坡举目四望,看见远处小河畔有一位老者,正坐在柳树下垂钓,便脱口对出下联:

柳边垂钓,柳丝常伴钓丝长。

又有一次,两人外出游玩,傍晚时分来到一条江边,正值晚霞辉映江心,金波荡漾。黄庭坚出句道:

晚霞映水,渔人争唱满江红;

这里的"满江红",有两层意思既是眼前景色,又是词牌名。毫无疑问,要求下联也应符合此一条件。苏东坡思忖片刻,便对出下联:

朔雪飞空,农夫齐奏普天乐。

苏东坡用"朔雪"对"晚霞",均是景色;又用"普天乐"对"满江红"都是词牌名,既工整又顺达,不禁使黄庭坚连声称妙。

巧对药联

苏东坡被贬,赴海南上任,途经湘南,遇到一位姓柳的郎中。柳郎中久闻苏东坡才学渊博,精通医药,他决定亲自见识见识,于是,征得苏东坡的同意,与他对药联。

只听得柳郎中吟道:

仙鹤弹琵琶(枇杷)高奏神曲;

苏东坡想了一下,对出下联:

雷公敲木瓜大惊云母。

柳郎中又出了上联:

红孩子戴红花吃红豆;

苏东坡一听,立即对出:

白头翁摘白梅尝白果。

柳郎中再出上联:

何首乌身披穿山甲,骑地龙,挥大戟与木贼战百合;

苏东坡应声对出下联:

吴茱萸头戴金银花,坐河车,握三棱,比草寇(蔻)胜五倍。

柳郎中佩服得五体投地,连声称:"奇才,奇才!"

苏东坡对联逗长老

一日中午,苏东坡去拜访一位老和尚。老和尚正忙着作菜,刚把煮好的鱼端上桌,就听到小和尚禀报:苏东坡先生来访。

和尚怕把吃鱼的秘密暴露,情急生智,把鱼扣在一口磬中,便急忙出门迎接客人。两人同至禅房喝茶,苏东坡喝茶时,闻到阵阵鱼香,又见到桌上反扣的磬,心中有数了。因为磬是和尚做佛事用的一种打击乐器,平日都是口朝上,今日反扣着,必有蹊跷。

这时老和尚说:居士今日光临,不知有何见教?

苏东坡有意开老和尚玩笑,装着一本正经的样子说:在下今日遇到一难题,特来向长老请教。

老和尚连忙双手合十说:阿弥陀佛,岂敢,岂敢。

苏东坡笑了笑说:今日友人出了一对联,上联是——向阳门第春常在。在下一时对不出下联,望长老赐教。

老和尚不知是计,脱口而出:居士才高八斗,学富五车,今日怎么这么健忘,这是一副老对联,下联是——积善人家庆有馀。

苏东坡不由得哈哈大笑:既然长老明示磬(庆)有鱼(馀),我就来大饱口福吧!

许将童年妙对

许将,福建闽县(今福州)人。宋仁宗喜祐八年中状元。他小时候聪明灵悟,勤奋好学、才气横溢,是闻名遐迩的"小神童"。

许将九岁那年夏天跟随族亲游览白岩山后,返回途中,因食干粮口渴难当,于是向正在菜园围篱笆的老伯讨茶喝。篱笆老人早就知道站在面前的小孩是当地有名的"小神童",所以并没有马上给茶,却提出条件说:"小哥,要喝茶当然可以,但要请你对对,我有一个藏在心里多年对不出来的上联,你把下联对出来,我才给茶。"

许将虽然口渴得很,但却懂得尊重长者,就很有礼貌地说:"请老伯赐教,让小童见识见识。"

这位老伯便以自己围篱笆的事念出上联:

一篱二纬三桩围菜园,园种春夏秋冬菜

与许将交游的族亲中不乏文人雅士,他们听了上联,一时应对无句,帮不了小许将的忙,干着急,担心他对不上。才思敏捷的小许将眨眨眼,拍拍小脑袋瓜,不慌不忙地对了下联:

百架千层万卷叠书馆,馆藏古今中外书

许将话刚说完,众人拍手称妙。围篱笆的老伯听了,也暗暗佩服:"对得不错,但不知他是偶然而得,还是实有其才。"这样想着,老伯决定再出一对试试。于是开口道:

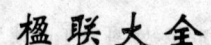

"小哥，让我再赐教一对如何？"许将喝不到茶，口更渴了。但还是耐着性子，恭恭敬敬地回答："敬请老伯教诲"。老伯就以他们今天游览胜地白岩山为题，侃侃念道：

白岩白雾白玫瑰，如观玉皿；

同游者听了上联，知道老伯用的是复字的修辞手法，绞尽脑汁，想助小许将一臂之力。然而，小许将可是心中有数，他回顾今日登山游览的情景，一幅幅美丽的画面，又重现在眼前——莲花岩上的托红寺，红寺映朝霞；玳瑁峰上盛开的红杜鹃。他想到这里，立刻得了下联，就慢条斯里对道：

红寺红霞红杜鹃，若赏金屏。

老伯听了高兴得翘起大拇指，连声称妙。即刻端出上等白岩茶，小许将接过茶，正想喝，那老伯却叫道："慢！"随即在茶杯里加上香喷喷的茉莉花。就在这时，老伯发现上弦月影映入茶杯中，见景生情，又叫一声："慢！再对一联。"随着念了出来：

茶饮客吞杯中月；

这上联，不但难住同游的文人雅士，而且也确实难住了小许将。这时，小许将手捧香气诱人的茗茶，不敢往嘴里送，他低头苦苦思索，难得佳句，只好抬头，向四处寻找答对的素材，当他发现水井畔，有一位大嫂在吊水，一时开窍！高兴地大叫："有对了！"接着朗声念道：

水抽人吊井中星。

众人齐声叫好，听得老伯也高兴得连胡须都翘起来，再次高喊："慢，小哥！"大家一怔，以为他又要出难题了。原来他爱才心喜，笑呵呵地又往许将茶杯里添上桂圆肉，然后说："小神童名不虚传，来日一定中状元啊！"

许将中状元后，先后曾任编修，龙图阁侍判、龙图阁直学士、翰林学士、尚书左丞、右丞等职，知泰州（今甘肃省天水县）、扬州（今江苏省江都县）、郓州（今出东省平东鲦）等地。熙宁七年，契丹以二十万大兵逼代州（今山西省雁门县），朝廷命许将北上为使，与契丹谈判。许将阅读大量资料，做好充分准备。谈判中，舌战对方，随问随答，对答如流，弄得对方瞠目结舌，终于谈判成功，免遭外患。

明太祖题联

明太祖朱元璋出身贫寒，放过牛，当过和尚。小时候没有机会念书。但他是一个很有抱负的人，经自己刻苦学习，颇通文墨，会吟诗，会作文，还特别喜欢题联。传说，朱元璋无论行军打仗、饮酒下棋、微服出访、登堂进庙，都喜欢谈论对联。与大臣、文人、

联趣故事，何止谈资

农民，甚至对儿童，都常常和他们对对。

朱元璋出兵攻打姑苏那年，行军中就以"天口"二字，题了一上联：

　　　　天下口，天上口，志在吞吴

谋臣刘基一听，知道朱元璋将"天口"二字上下各一拼，即拼出"吞""吴"两字。于是，他以"人王"二字，绝妙地对出下联：

　　人中王，人边王，意图全任。

又一次，朱元璋与刘基下棋，朱元璋吟了一阙上联，示意刘基应对。联文是：

　　　　天作棋盘星作子，日月争光

刘基脱口答道：

　　雷为战鼓电为旗，风云际会。

又有一次，朱元璋到大臣陶安家，看见陶安以书作枕头，即景生情，乃一上联：

　　　　枕耽典籍，与许多贤圣并头

陶安知其意，随即对道：

　　　　扇写江山，有一统乾坤在手

朱元璋一次便服出访，遇到一个农民在卖藕，立即出一上联：

　　一弯西子臂；

他以一根雪白的藕，比作美女西施的手臂，想考考农民是否能对。

那农民望他一眼，笑着答首：

　　七窍比干心。

农民以藕中多孔，来比喻商代忠臣比干的心。朱元璋听了很高兴，命农民随行，大加赞赏。传说，以后还任命那农民到朝廷做官。

解缙巧对朱元璋

明洪武二十二年春天，解缙从江西老家吉水到京都南京参加会试。当时的科举制度规定：会试通过后，要再经一次复试，地点在皇帝的殿廷，叫做"廷试"，或称"殿试"。殿试由皇帝亲自主考。

楹联大全

解缙在会试中,所作的文章气势磅礴,笔锋犀利,言词质朴,博得主考官刘三吾的好评,要点他为一甲状元。由于有人反对,理由是说他对策言论过高。殿试就被点为第七名进士。解缙的大哥解纶、妹夫黄金华,同时高中三甲进士。

解家"一门三进士",不仅轰动了江西吉水城,也轰动了京师。万岁爷朱元璋得知这位江西矮子进士不但文章作得好,尤善对对,便召进宫来,亲自出题面试。

朱元璋说:"皇宫中,有一大戏台,朕出上联,卿对下联。"解缙叩头道:"万岁,臣遵旨。"

朱元璋念道:

尧舜净,汤武生,桓文丑旦,古今来几多角色

解缙接口便应对:

日月灯,云霞彩, 风雷鼓板,宇宙间一场大戏

"好!"朱元璋满心欢喜。并再出上联:

日在东,月在西,天生成明字

解缙立即续成下联:

子在右,女在左,世配定好人

朱元璋顿时龙颜大悦,连声赞赏。

小于谦答对显文才

于谦,字廷益,浙江钱塘(今浙江杭州)人。明永乐进士,著名的民族英雄。他幼年时就勤奋好学,志向高远。读书过目即诵,对句出口皆成。有一次,于谦的母亲把他的头发,梳成双髻上学,被一个叫兰古春的僧人看到。兰古春针对他的模样戏弄他说:

牛头喜得生牛角

于谦立即应对:

狗嘴何曾出象牙

兰古春自讨没趣,匆匆而去。于谦回家后,对母亲说:"今后不能再替我梳双髻了。"过了数日,兰古春恰巧又路过学堂,看到于谦的头发梳成三岔,于是再次戏道:

三角如架鼓

联趣故事,何止谈资

于谦随声就应:

一秃似擂槌

兰古春赞其才思敏捷,对于谦的老师说:"这孩子长大后,必定是国家的栋梁。"

有一年清明节,于谦随家中大人去祖坟扫墓,路过凤凰台时,他的叔父出了个上联让他对,联文是:

今朝同上凤凰台

于谦马上应对:

他年独占麒麟阁

大人们听了,对这一抱负甚大的对句惊喜不已,他的叔父说:"此小儿,乃是我们家的千里驹啊!"

扫墓返回的路上,经过一座牌坊,上面写着三个字:

癸辛街

于谦的叔父说:这三个字的地名,前面两个字属天干(即甲、乙、丙、丁、戊、己、庚、辛、壬、癸),要对个地名对,恐怕不容易。"不料,小于谦用《三国演义》中所写到的陕西地名,对道:

子午台

他的叔父和族人们听了更加惊讶欣喜,因为这一地名前两字正好是地支(即子、丑、寅、卯、辰、巳、午、未、申、酉、戌、亥)中的两个字,与"癸辛街"恰成一佳对。

过了两年,于谦成了县学生员。当时,有一巡按到他家乡的一座寺院游玩。随从官员中有一人指着殿中佛像道:

三尊大佛,坐狮、坐象、坐莲花;

一时无人对出。于谦刚好也在场,他随口应道:

一介书生,攀凤、攀龙、攀桂子。

众人无不拍手称妙。

杨溥巧对免父役

杨溥，字弘济，石首（今湖北石首）人。明建文进士，授编修。为明代有名学者。曾任翰林学士、武英殿大学士、礼部尚书等职。他和杨士奇、杨荣、历事四朝（成祖、仁宗、宣宗、英宗），合称内阁"三杨"。

杨溥幼年家贫，父亲年老多病。在这样的家境下，他孜孜不倦，刻苦学习，年纪虽小文才却不凡。

有一次，县官派人捉他的父亲去服劳役，当时他的父亲有病在身，杨溥到县衙里再三恳求，请求免除劳役，县官看他是个小孩子就刁难说："我出个对子，如你对上了，我可以释放你的父亲。"

接着，出了上联：

四口同图，内口皆归外口管

这个上联构思奇妙，县官利用"图"字的结构，折字起意，乃是说："在我统治的范围内，百姓就必须服从我的管辖。"小杨溥听了，得知这个县官喜欢人奉承，稍思片刻，就投其所好，对了下联：

五人共伞，小人全仗大人遮。

杨溥这个下联也是运用"析字法"，拆开"伞"字，既表达了自己的请求又恭维了县官，而且对仗工整，表达适切，因此，县官不得不点头称赞，终于赦免了他父亲的劳役。

张居正年小志大

明朝嘉靖初年，湖北巡抚顾璘在视察江陵（今湖北江陵）时，听属下说当地有一个七岁的幼童，聪明伶俐，十分可爱。于是派人把他找来，要试试他的才华，顾璘见到幼童，遂口占一上联：

雏凤学飞，万里风云从此起；

幼童稍加思索，朗声对出下联：

潜龙奋起，九天雷雨及时来。

联趣故事，何止谈资

顾巡抚听后，连忙夸奖，并将自己挂在腰上的玉带解下来相赠。这个幼童，便是被人称为"江陵神童"的张居正。

一年夏天，新上任的湖广巡抚带着大队人马，风尘仆仆地来到江陵，在岑河口附近的东司庙休息。庙里的住持连忙叫小僧到庙后瓜园，摘了十多个大西瓜来招待客人。和尚种的西瓜又沙又甜，巡抚和手下人吃了只觉得清甜可口，舒服极了。巡抚一时高兴，便顺口吟出一联：

东司和尚送西瓜，些小礼物；

他让前来迎接的江陵知县对下联。这江陵知县是个草包，根本对不上来，被巡抚训斥一顿，赶出庙门。知县狼狈不堪地从庙中大殿上退下来，刚好碰到在庙里玩耍的张居正。知县想："这小子号称神童，不如问他一问。"知县叫住小居正，将刚才巡抚出的上联告诉他，并求他对出下联。小居正听后说："这有何难？你就对"：

南极仙翁拜北斗，天大人情。

知县喜出望外，转身又上殿去，复述了小居正的下联。巡抚转怒为喜，但他不相信是知县自己对的，知县只好说出真相。巡抚把张居正找来一看，原来是个十岁左右的孩子，十分惊异。巡抚对属下说："这孩子长大后定有出息。"

杨继盛巧对趣话

杨继盛是明代一位以"巧对"著称的名人。出生于河北容城，嘉靖进士。相传他"每作对，人辄称善"。至今，民间还流传着很多他的巧对佳话。

传说，杨继盛刚刚入私塾读书的时候，有一天来了一个年纪较大的学生，私塾先生看见这么大年纪的人，也来求学，就出了一个对子相嘲：

老学生

谁知话一说完，就被坐在一旁的杨继盛不假思索地接过来：

小进士

那位嘲笑"老学生"的先生听后，大吃一惊，说："此儿小小年纪，竟聪颖如此，将来必有出息！"

有一次，私塾先生外出，学生们作阵交战的游戏玩耍。正玩在兴头上，不料先生突然回来，大家慌忙四处藏匿。先生大怒，挨个地罚跪，并出对：

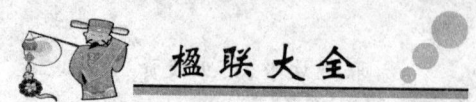

藏形匿影；

叫学生对，先对出者免罚，对不出的继续罚跪。只见杨继盛微微一笑，答对：

显姓扬名。

先生脸上的怒气，顿时一扫而光，惊呼："此乃绝对也！"伸手将杨继盛拉起来。从此，杨继盛善对出了名。在私塾从师十年间，杨继盛还作了不少脍炙人口的对联。如有一次，他的表叔辛体元来做客。刚好家里没有酒，到酒店去买，凑巧酒也卖完了。辛体元出了上联戏道：

无酒是穷主；

只听见一个略带稚气的声音回答：

有儿为名臣。

辛体元眼光一扫，原来应对竟是小继盛，不禁啧啧称赞。杨继盛长大后，果然成为明代名臣，官至兵部员外郎。当时奸相严嵩专政，杨继盛因为忠义敢言，一年之内四次被贬。最后一次被贬途中，他草疏"十罪五奸"弹劾严嵩，结果被陷害入狱，受尽酷刑后，惨遭杀害。

铁肩担道义，
辣手著文章。

这副传颂千古的名联，就是杨继盛在狱中写下的。对联铿锵有力，表现出他那荡荡襟怀，铮铮铁骨。

蒋焘切瓜分客

明代文人蒋焘小的时候才思敏捷，对答如流，蜚声乡里。

有一天，他的爷爷带他到一座庙里去玩。蒋焘从高高的台阶上往下跳，三蹦两跳地到了下边。爷爷见了，笑着说：

三跳，跳下地

蒋焘在下边一抬头，正好看见树上有只小鸟"扑哧"一声，飞上天去了，他马上对了一句：

一飞，飞上天

联趣故事，何止谈资

爷爷听了很高兴，连连赞好。

有一次，他父亲的朋友来访，他们围坐在客厅吟诗、联对，忽然乌云密布，接着刮起大风，一会儿，就下起大雨，雨点"劈哩拍啦"地打在窗户上。客人中有一人看见窗户纸上的雨点印儿，触景生情，出一上联求对：

冻雨洒窗，东两点西三点

这上联的意思是说：这会儿，冰凉的雨点打在窗户上，东边窗户上有雨点，西边窗户上也有雨点。从文字上讲，巧就巧在"冻雨"的"冻"字，是由"东"和两点组成，"洒窗"的"洒"字是由"西"和三点组成。这样，联意既说明了当时雨打窗户的情景，又说明了"冻"、"洒"两字的组成。这样，下联就不大好对。要求后半句说的事，与前半句说的事，互有关联，还得拼成前半句的第一、三两个字，可真够难的。在座客人苦思冥想，绞尽脑汁，难以应对，客厅一时沉默。

这时，仆人送上瓜来，蒋焘的父亲连忙切瓜分片，请客人吃瓜。站在一旁看父亲切瓜、客人们吃瓜的蒋焘触景生情，高声说："我来对下联"。接着吟道：

切瓜分客，横七刀竖八刀。

一语既出，满座惊叹。蒋焘对下联的前半句"切瓜分客"，说的是当时吃瓜的事。后半句"横七刀"、"竖八刀"既是指切瓜，又跟前半句有直接关系。同时"七"、"刀"左右横看，合起来，是前半句的第一个字"切"；"八"、"刀"上下竖着，合起来是第三个字"分"。真是妙语双关，兴趣盎然。客人们皆赞叹不已。

祝枝山巧对三秀才

祝枝山，名允明，因生枝指，故自号枝山，长州（今江苏苏州）人。明代文学家、书画家。他与唐伯虎、徐真卿、文征明，并称"江南四大才子"。

有一次，祝枝山到杭州游玩。当地文人争相请他赴宴、题诗、作画。在这些文人中，有三个秀才，由于"文人相轻"，对祝枝山的才学不服气，趁此机会要和他一较高低。三秀才言明，要和他对对，祝枝山欣然同意。

秀才甲，出了个同韵对：

屋北鹿独宿；

这上联五个字皆同韵，以为这一招，可以难倒祝枝山了，谁知祝枝山连眉头都没

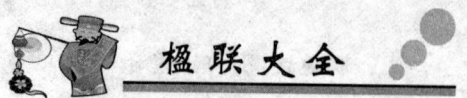

有皱一下便对出了巧妙的下联：

溪西鸡齐啼。

秀才乙见势不好，立即吟出早已准备好的第二联：

童子打桐子，桐子不落，童子不乐；

上联既用了"童子""桐子""不落""不乐"的谐音，又用了顶真格，祝枝山思索片刻，便答出了符合要求的下联：

麻姑吃蘑菇，蘑菇真鲜，麻姑真仙。

秀才丙见两联都难不倒祝枝山，便走上前去，念出了自认为看家的第三个上联：

大丈夫半截人身；

这个上联，颇费心思，利用"大丈夫"，三个字形的下一半，均是"人"的特点撰成，有一定的难度。祝枝山果然一时对不出来。三个秀才，以为这下子难倒祝枝山了，胜券在握，准备扬长而去。祝枝山忽然想起对对开始，互通姓名时，有一个秀才自称姓"朱"，他灵机一动，当即对出了下联：

朱先生三个牛头。

下联"朱先生"，三个字的字形的上一半，均是"牛"字头，不仅符合上联的要求，同时，还挖苦三个秀才，不过是"牛头"，蠢得可以。从此，祝枝山名声在苏杭一带，更加响亮了。

祝枝山除夕写无字联

江南才子祝枝山，为访唐伯虎到了杭州，转眼到了岁除。在杭州，他住在周文宾府上。除夕夜，当祝枝山听说杭州人贴无字联，取一年无事的风俗后，大笑道："杭州人但求没事，我偏要教他们有事。"说罢，趁着酒兴，带着周德、祝僮，到外面去写无字联。他们三人到了街上，只见家家户户的无字联，都已贴齐。走到一家门口，周德介绍说："这是积善人家，常行好事，是杭州有名的善人。"祝枝山提笔在无字联上写：

向阳门第春常在；
积善人家乐有余。

祝枝山写过几家后，走进一条小弄，经过一小户人家，听见里面夫妻二人正闹口角，因男人外出一年，回家后，女人见他囊内无钱，哭闹起来，不许他吃年夜饭，也不准

亲近孩子。当发现男人裤袋中,藏有一串金戒指时,马上又亲亲乐乐,张罗吃"合家欢"。祝枝山以此为题材,在他家的无字联上写:

囊内无钱,休想饮食男女;
袋中有物,便成柴米夫妻。

祝枝山一路写来,到了一户漆黑墙门前,门上贴的洒金瑚珊纸,两扇侧门,也贴着略短一些的朱砂笺。周德说出,这户主人如何霸道,劝祝枝山不要写。祝枝山说:"原来如此,我偏要送他两副对联。祝枝山在大门的洒金瑚珊纸联上写了:

明日逢春好不晦气;
终年倒运少有余财。

在他的侧门的朱砂笺上写了:

此地安能常住;
其人好不悲伤。

这两副联,读时断句不同,意思便完全相反。周德、祝僮看了,拍手称妙。

李时珍自幼善对

李时珍,字东璧,明代医学家。他好读医书,因为发现历来本草有很多错误,就立志重修。于是翻山越岭,穷搜博采,历时三十年,阅书八百余家,三易其稿写成《本草纲目》一书,为我国药物学史上一大巨著,李时珍也被称为"中国药圣"。

李时珍自幼聪颖善对,还没上学就跟着父亲认熟了好多字。他刚入学时,私塾先生望着被树木环抱的远山,出了上联:"远声隔林静。"李时珍当时虽然只有八岁,但见朝霞分外明媚,过往旅客早已登程,便脱口对道:"明霞对客飞。"先生大为吃惊,决心加倍关照。

有位药铺主人,膝下有一个女儿,聪慧而美貌,为了给女儿选择一个才华出众的男子结为伴侣,决定用药名作上联征婚:"玉叶金花一条根。"许多求婚者望联兴叹。其中有一位姓马的青年为人忠厚,只是略欠文采,他不得不求李时珍帮忙。李时珍少年助人为乐,脱口对道:"冬虫夏草九重皮。"铺主见马公子比较英俊,又交给他上联,限一天对上。这上联是:"水莲花半枝莲见花照水莲。"马公子只得二请李时珍对出下联

"珍珠母一粒珠玉碗捧珍珠。"铺主看后非常高兴,随即再出上联"白头翁牵牛耕熟地",限半天对出。马公子无奈三求李时珍。李时珍为了成全这桩婚事,稍假思索,用"天仙子相思配红娘"作下联。铺主十分满意,当即答应订婚。

当地郝知府对医药略知一二。一次中秋赏月时,风吹灯笼熄,原来是灯笼破了三个窟窿,便口占上联:"灯笼笼灯,纸(枳)壳原来是防风。"因一直续不出下联,只好找李时珍对出下联:"鼓架架鼓,陈皮不能敲半下(夏)。"

又有一天,郝知府去拜访李明珍。走进院后,看到丛竹不禁赞叹:"烦暑最宜淡竹叶。"李时珍随口对道:"伤寒尤妙下柴胡。"

郝知府看到几株玫瑰,不胜感叹:"玫瑰花小,香闻七八九里。"李时珍笑着答道:"梧桐子大,日服五六十丸。"

郝知府是外地人,见李时珍如此投机,又吟出一联:"做官者四海为家不择生地熟地。"李时珍笑道:"行医人一脉相承岂分桃仁杏仁。"

郝知府拿起李时珍为他开的处方,自言自语:"纸白字黑,酸甜苦辣五味皆有。"李时珍手中毛笔尚未放下便说:"杆硬尖软,采晒炒切炙百合俱全。"

就这样,宾主唱和属对,沉浸在妙思雅兴之中,不觉天色已晚,郝知府起身告辞出门说道:"神州到处有亲人,不论生地熟地。"李时珍笑道:"春风来时尽著花,但闻藿香木香。"

徐文长巧对知府

徐渭(1521－1593),字文清,后改字文长,号天池山人,青藤道士,又别署田水月,山阴(今属绍兴)人,明文学家、书画家,也是晚明时期思想解放运动的先驱。他一生作联很多,《徐渭集》载有对联118副,这在明代是很少见的,而所写出40字以上的长联就有12副,在明代几乎没有第二人。尤其是他最先突破百字长联,为绍兴开元寺大殿题的140字长联至今犹存。时至今日,徐文长还有一些作联故事在浙江流传。

徐文长十四岁时来到杭州。当时的杭州知府目中无人,他得知徐文长在杭州赋诗作画,颇受人们赞赏时,大为恼火,认为一个小毛孩子竟敢在他的辖区内舞文弄墨,真是不知天高地厚,便派衙役将徐文长召来对句。威胁他说如对不上,就驱逐出城。徐文长镇定自若,满口答应。知府带徐文长到西湖边,指着六合塔,说出上联:"六塔重重,四面七棱八角。"

徐文长没有开口,只是扬了扬手。知府以为对不上,暗自高兴。他得意忘形地指

着保俶塔，又出了个上联："保俶塔，塔顶尖，尖如笔，笔写四海。"徐文长还是一言不发，而是用手指了指锦带桥，向知府拱拱手，然后，又两手平摊，往上一举。

知府见徐文长还是没有回答，就神气十足地说："连一句也对不出，还算什么神童！"立即下令："快把他赶出去！"这时，徐文长却理直气壮地哈哈大笑："休得无礼，下联早就对好了！"知府怒气冲冲地说："你敢无理狡辩，愚弄本府？"徐文长解释说："你是口出，我是手对。""手对！是什么意思？"知府追问道。

徐文长答道：对第一联扬了扬手，就是说"一掌平平，五指三长两短"；对第二联拱拱手，两手平摊，往上一举，是说"锦带桥，桥洞圆，圆似镜，镜照万国九州"。知府听了哑口无言，只好悻悻而去。

书临汉帖翰林书

河南嵩山少林寺，不但少林武术名闻国内外，而且，寺内还有不少学识渊博，多才多艺的和尚。他们吟诗作对，书法、绘画均甚出色。

相传，明朝时，有一位翰林到少林寺游玩，看见寺内有一幅泼墨荷花，画得颇有功力，荷叶上的露珠欲滴，荷花出污泥而不染，加上一股挺拔峭峻的气势，大挥大合的手笔，令翰林倾倒。翰林于是向寺内的和尚问，此画为何人所作，站在一旁的老和尚声称是他所作。翰林对这幅题名为"出水芙蓉图"的画，甚是欣赏，就向老和尚索讨，希望得到这幅画。老和尚说：

只要对出我的联，老衲愿将此画相赠。"

翰林喜出望外，满口答应。老和尚的上联是：

画上荷花和尚画；

翰林听后，如雷轰顶，扭头便走出寺门。回到家里，仍然想着那幅画，和老和尚所出的上联。当他拿起毛笔，准备临帖练字时，忽然灵机一动一个绝妙的下联，随之而出。下联是：

书临汉帖翰林书。

于是，他放下毛笔，急急忙忙地跑回少林寺，吟出自己所对的下联。老和尚听后，十分满意，立即取下那幅"出水芙蓉图"，赠给翰林。

老和尚的上联，看上去似乎平易，其实，他是利用谐音的关系组成回文联。这句上联无论从前往后，或是从后往前，都是同音同义，难怪一时难倒了饱学的翰林。翰林后来想出的下联，也同样巧妙，无论顺念，倒念，也是同音同义。

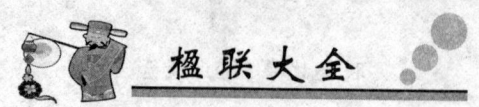

"翰林"临帖,对"和尚"画花,不仅对仗工整、稳妥,而且符合各自的身份。这副回文联,确实各具千秋,堪称佳作。

无中生有出妙联

纪晓岚满腹经纶、才高八斗,乾隆很想出个题难为他一下,以压压他的才气。一天,君臣来到关帝庙,乾隆忽然灵机一动,想出了个怪题,对纪晓岚说:

纪爱卿,关武帝君是个大忠大义之人,歌颂他的联语随处可见,可是从没有见过吟咏他妻子的对联。朕命你吟一联,颂扬关夫人的品德。

此题的确很难,因为不论史书《三国志》,还是小说《三国演义》,都只字未提这个关夫人。俗话说"巧妇难为无米之炊",没有材料,如何"歌功颂德"呢?不过,纪晓岚毕竟是纪晓岚。只见他略一思索,就吟了出来:

生何年,殁何月,皆无从考;
夫尽忠,子尽孝,岂不谓贤?

妙!关夫人的事迹,书无所载、史无从查,自然是生和死"皆无从考"了,然而,既然其夫大忠、其子大孝,那么她理所当然可以称为"贤"了。乾隆皇帝听后龙心大悦,重赏了纪晓岚。

状元妻子对乾隆

乾隆年间,通州胡长龄赴京赶考,三榜三甲,中了头名状元。乾隆帝爱他一表人才,心想招他为驸马。就派主考官王御史前往试探。胡状元因有结发之妻,婉言回绝。

乾隆帝听王御史回禀,新科状元不肯招驸马,想看看状元夫人到底是个什么样的美人,同时,要试试她的才学,于是,下道圣旨,宣胡氏进宫。

乾隆皇帝率领三宫后妃,在后宫召见状元夫妇。胡氏农妇装束,青布衣裙,蓝布长衫,举止大方,进殿跨槛时,轻轻撩裙角,启口说:"乡女村妇一条草裙,千万别污了万岁爷的金槛。"乾隆帝听了,大吃一惊,万万没有想到,一个民间女子竟然如此大方,又如此知礼。他叫胡氏抬起头来,将她上下打量一番,只见面前站着的状元

夫人,既非红颜粉黛,又非绝色佳人,而是相貌平常,皮肤黝黑,体形壮硕。于是随口说道:足令男子莫及,见所未见。胡氏知是皇帝取笑自己,不慌不忙,从容答道:

"脚大胜似舢舻履惊涛。"

乾隆帝说:"依你所说,是脚大好啦!那么,朕宫中嫔妃捷妤,人人都是金莲小足,你说如何?"胡氏随声应道:

"足小宛若画舫过浪尖。"

乾隆帝心里明白,胡氏在讥诮三寸金莲,行走不便,但又不得不佩服她出口成章,对答如流,便吩咐宫女奉茶。胡长龄夫妇坐下,胡氏喝了一口香茶,脱口吟道:

"饮啜香茗遥念故乡水。"

乾隆帝被胡氏思乡之情感动,传令摆宴,为状元夫妇洗尘。胡氏接着又说:

"食俸皇粮当思耕夫辛。"

听了之后,乾隆帝更加敬佩胡氏的才学,便出个上联要她对。上联是:

远闻通州出才子;

胡氏不加思索,对道:

近观皇宫多佳人。

乾隆帝又出一联:

冠授官,官戴冠,官被冠管;

胡氏沉吟片刻,大声应道:

仁教人,人压仁,人受仁欺。

乾隆帝自知理亏,心悦诚服,称赞胡氏才思敏捷,更赞叹新科状元不图富贵,不弃前妇,真是当世难得的人才。他拿起大笔,写下"翰墨竹梅"四个大字,并叫匠工刻在匾上,赠给状元夫妇,以表敬意。

李调元幼年趣对

享有"蜀中才子"之称的李调元是清乾隆年间进士。当时的文学家,戏曲理论家。

孩童时代的李调元就能吟诗作对。有一年夏天,李调元家中来了许多客人,其中不少是蜀中名流。有一位名流曾听李调元的父亲说过,李调元从小就能诗善对,但持怀疑,不大相信。恰好当时。李调元站在他父亲旁边,他要当场试一试。是时,天气炎热,客人们一边摇扇一边吸烟。这位名流便以当时情景,出了上联,要李调元对出下联。联文是:

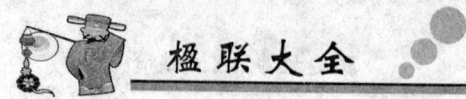

吸烟摇扇,目前风云聚会;

上联一出,客人们交头接耳,议论此联难对,李调元的父亲也要求这位客人,改出其他好对的联。不料,李调元在稍加思考后,朗声地对道:

屙尿打屁,胯下雷雨交加。

联才对毕,顿时哄堂大笑。此联虽不雅,但舍此难对。满座客人都为李调元应对之快,啧啧称奇。

不久,李调元上学了。当时他生了一身疥疮,上课时不停地搔痒,先生看见了,笑着戏出一联:

抓抓痒痒,痒痒抓抓。不抓不痒,不痒不抓。越抓越痒,越痒越抓;

李调元听后,既难为情,又很气愤,顿时忘了尊卑,对着先生随口便道:

生生死死,死死生生,有生有死,有死有生。先生先死,先死先生。

事后,李调元深感自己一时冲动而出言不逊,对不起先生,立即向先生赔礼道歉。晚年,他将此事告诉儿孙,要他们引以为戒。

李调元巧对三则

李调元乾隆年间中进士后,任广东学政。

李调元到任之日,轿过闹市时胡成义也乘轿而过。李调元的随从人员不明究竟,喝令通名。胡成义在轿内,朗声报道:

"春芍药,夏芙蓉,秋菊冬梅,吾乃探花郎,三江胡成义。"

李调元立刻明白了胡的用意,当胡转请他通名时,他在轿中随口应道:

"东紫薇,西长庚,南箕北斗,我本谪仙子,四川李调元。"

胡成义一听,不胜惊讶和佩服,赶忙下轿相迎。并当即邀请李调元到自己家中饮宴。这时,当地文人也应邀前来,一时文星荟萃。众诗友素慕李调元的才华,便纷纷出联请他续对。李调元才思敏捷,均一一应对。其中,有一上联是:

两舟同行,橹速不如帆快;

这上联,表面上是说摇橹的船,不如帆船快,实际上,却是话中有话,"鲁肃"跟"橹速"谐音,是三国时的文官。而"樊哙"跟帆快谐音,则是汉高祖刘邦时期的武将。言外之意即是:"文官不如武官"。

李调元稍思片刻,发现案上有一把笛子,带笑对道:

八音齐奏,笛清怎比箫和。

这下联，表面上，也是说笛子不如洞箫。而实际上，是说："狄青"（笛清的谐音）怎比"萧何"（箫和的谐音）。言外之意，是武官（因狄青是宋朝的武官）怎比文官（萧何是汉朝的文官。）众人听了，赞叹不已，皆尽称绝。

李调元上任不多久，当地的文人墨客，邀他郊游。他们到了一个有山有水的地方，这里悬崖峭壁，风景幽静，谁料小路突然中断，只有溪水，仍从路旁崖下潺潺流着，崖上刻有"半边山"三个字。崖下路旁，立一石碑，碑上刻字一行：

半边山，半段路，半溪流水半溪涸；

同行者解释说："这是宋朝苏东坡学士、黄山谷和佛印三人同游此地时，佛印为老苏东坡，出了这上联，苏东坡对不上，只好请黄山谷将此上联刻碑于此，以示自抑，兼求下联。"那人说完后，笑对李调元道："学士大人才思敏捷；能否代贵同乡苏学士。一洗此羞？"李调元一听就明白，那人欲借此事来侮辱他。于是不慌不忙笑着说：

"这下联，苏学士早已对好了，何须再对？"众人惶惑不解，他接着说："其实，苏学士请黄山谷写字刻碑于此，正是为了联对，这叫'意对'，很明显，下联是：

一块碑，一行字，一句成联一句虚。

众人听后，觉得无可非议，只好连声赞叹。李调元却说："这样的意对，在四川，虽孩童亦解，诸公何足挂齿？"说得有些人羞愧交加。内有一秀才，很不服气，投问而说："学政大人刚才说，四川孩童也会意对，实不相瞒，我游学蜀中时，曾当面试过两人，请其联对，不料均若木鸡，无一以对。"李调元笑着问："一试何人？"答："一童孩。"问："足下所出何对？"答：

远观重重宝塔，六角四面八方；

李调元又问："童孩有何表示？"答"他伸手摇摇，表示不解，笑着跑了。"李调元说："他伸手摇摇，就是联对了，所对应是：

近看平平玉手，五指两短三长。

秀才愕然。李调元又问："二试又为何人？"答："一农夫。"问："足下所出何对？"答：

塔里点灯，层层孔明诸阁（葛）亮；又问："农夫有何表示？"答："他自顾自在池中采藕，一字未答。"李调元说："农夫已经对了，可惜足下未领会过来，他对的是：

"池中采藕，节节太白理（李）长根（庚）"。那秀才听后，深施一礼，道一声："名不虚传"。就退到角落去了。那些真心仰慕李调元才华的人拍手叫好，至于那些谑意戏谑者，则是汗颜羞色，无地容身。

又一年冬天，李调元从新疆冒雪回京。途中在一家酒店歇脚时，发现店中墙上悬挂一副对联，只见上联写着：

黄狗过霜桥，点点梅花落地；

再看下联，却空无一字。李调元迷惑不解。店主告诉他，几个月前，有一书生早起，来店饮酒，见店外桥上有一黄狗行走，随口吟出了上联。但他费尽心机，再也吟不出下联来，故书写后，挂在这里，期待后人有朝一日对出下联。当店主得知，眼前这位就是名噪一时的"蜀中才子"李调元时，便说："相公，何不一展胸中之才？"李调元想，这并非难事，于是欣然答应。可是，当他再把上联仔细品味后，才感到此联不凡，字字千金。他思虑再三，难成佳对，不免心焦。这时，突然有几只乌鸦落在门前雪地上，跳跃觅食，他心中顿时开朗，赶紧要来笔墨，在空白下联处一挥而就。只见他写的是：

乌鸦跳雪地，片片竹叶朝天。

于是，下联与上联，配合得天衣无缝。博得酒店众人齐声喝彩。

半月依旧照乾坤

清乾隆年间，江西萍乡人刘凤诰进京应试，考中了第三名进士。按照当时的科举制度，皇帝在放榜前，要亲自会见新科进士，并进行殿试，然后才以御笔，点出前三名，即状元、榜眼、探花。刘凤诰相貌平常，小时候贪玩，伤了一只眼睛。殿试时，乾隆皇帝看到他的相貌，心里有点不愉快，本想取消他的探花资格，但又怕被议论"以貌取人"。于是，特出一联，试试他的真才实学。乾隆皇帝的上联是：

独眼不登龙虎榜；

刘凤诰听了，知是针对自己的相貌出联的，立即对道：

半月依旧照乾坤。

乾隆皇帝听了，又惊又喜，因为下联的意境深远，说明刘凤诰不但有文才，而且更有抱负。一时兴来，又以四方星辰为题，再出上联：

东启明、西长庚，南箕北斗，朕乃摘星汉；

刘凤诰马上对出：

春牡丹、夏芍药，秋菊冬梅，臣是探花郎。

乾隆皇帝心花怒放，喜上眉梢，欣然命笔，点他为探花。

《老残游记》里，曾写到老残在游山东济南大明湖时，十分赏识的一副对联：

三面荷花四面柳；

一城山色半城湖。

知道，这副对联的作者是谁吗？原来就是他——江西萍乡才子、独眼探花郎刘凤诰。这副对联只用了四个数字，以及"荷花""柳""山色""湖"寥寥数字，便把济南的特点，大明湖的秀丽，展现在人们面前，真是出神入化，鬼斧神工，足以证明

联趣故事，何止谈资

刘凤诰确实文才不凡。

三元有甲，龟圆鳖瘪蟹短头

乾隆晚年，一日晚膳后，乾隆召大学士纪晓岚，二人换上民服走出宫外，来承德大街上闲逛。见一酒店的招牌上书"半联酒店"四字。店前若市，人头攒动。二人停下脚步，只听掌柜的拱手喊道："多蒙诸位关照，小店屋内有半副对联，哪位能续上下联，美味佳肴尽用，敝人并愿赠文银10两。"君臣二人觉着好奇，便走进店内，见堂屋正中悬的半联是：

一串无鳞，鳅短鳝长鲶大嘴。

君臣二人琢磨半天，怎么也对不出适当的下联来。恰在这时，酒店的伙计抬进一筐大蟹来。其中还有一只鼋鱼，正仰面朝天四腿乱蹬呢。纪晓岚灵机一动，吟出下联：

三元有甲，龟圆鳖瘪蟹短头。

此联意境别致、有趣，且字句工整。以三元对一串，有甲对无鳞，龟圆对鳅短，鳖瘪对鳝长，蟹短头对鲶大嘴，可谓天衣无缝。

郑板桥巧对得田黄石

郑板桥名燮，字克柔，号板桥。江苏兴化人。清代著名的书、画家，诗人，他在诗、书、画三方面，皆有成就，号称"三绝"，为时人推重争求，是"扬州八怪"之一。

郑板桥少年时代是在老家兴化度过的。当时，兴化县内，有一个姓米的读书人，篆刻技艺十分高明，人称米先生。一次，米先生得了一块田黄石。田黄是雕刻图章最珍贵的材料，俗说："田黄比金子还贵"，素有"石帝"之称。米先生得田黄的消息一传开，前来索求的人络绎不绝。

这天，米先生家中，来客格外多，郑板桥也前去看热闹。只见大家争着用高价，欲买取田黄，有几个富家子弟为得田黄，差点动起拳头来。米先生急得满头大汗。心想，田黄只有一块，想买的人这样多，不论卖给那一个，都将引起争执，如何是好呢？正在左右为难之际，眼前火盆里炭火一闪，使他灵机一动，计上心来。他客客气气地，对来客们说："承蒙诸位错爱，举索这块田黄，只是石头一块！不能人人如愿。为免除争执，我出一上联，先对上者，便是这块田黄的新主人了。"接着，米先生以"火盆"

为题，出了上联：

炭黑火红灰似雪；

联一出来，满屋哑然。那些富商、书生面面相觑，没有一个敢开口的。站在一旁的郑板桥也被难住了。他快快地回到家里。当时，他的继母郝氏和乳母黄妈妈，正在磨麦。只见她们先把黄灿灿的麦粒，一次一次地丢进磨眼，磨好后，将磨下来的面粉，用筛子筛一遍。筛子下，撒着雪白的粉，筛子上，留着红色的麸。

"有了！"郑板桥激动地几乎跳了起来。他一溜烟跑回米先生家，当众对出了下联

麦黄麸赤面如霜。

真是一鸣惊人，满屋子的人都啧啧赞叹起来。米先生当即取出田黄，用纯熟的刀法，刻上"郑燮"二字，送给郑板桥。

山登绝顶我为峰

虎门销烟的近代民族英雄林则徐乃福建侯官（今福州）人，从小就聪明过人，同时又受到良好的家庭教育。他的父亲林宾日，是个很有经验的教师。林则徐七岁时，他的父亲就教他作文、吟诗、对句。

有一次，林则徐到姑父家作客。姑父家的门槛特别高，姑父见他半天还迈不过门槛，便取笑说：

神童足短；

林则徐马上回答：

姑父门高。

当天，姑父家来了许多客人，大家都想看看这位远近闻名的小"神童"。其中，一位客，指着塘里游水的鸭子，出了个上联，考考林则徐。

客人的上联是：

母鸭无鞋空洗脚；

林则徐马上答道：

公鸡有髻不梳头。

客人们惊奇不已，连声夸奖。其中，有位麻脸的客人，有些不服气，他看林则徐长得瘦弱，便出联相嘲：

小孩子两腿木耳；

林则徐马上反唇相讥：

老大人一脸花椒。

众人听了,笑得前仰后合,那位麻脸客人面红耳赤,尴尬得很。

晚上,月上中天,皎洁的月光洒在园中,一位客人望着水中的北斗七星,又出了一上联:

北斗七星,水底连天十四点;

上联用的是析数格,要对,有一定难度。林则徐沉思片刻,一抬头,看见空中孤雁飞过,便答对:

南楼孤雁,月中带影一双飞。

这一即景下联,不仅与上联对仗工整,而且比上联更含蓄、深沉。从这三次答对中,显露了小小年纪的林则徐,有这么惊人的才华,倾倒了姑父家的众来客。

过了年,林则徐上学,随私塾先生念书。开学伊始,适逢上元佳节。先生针对上元佳节,闹花灯的情景,出了上联,叫学生对应。联文是:

点几盏灯,为乾坤作福;

林则徐抢先应声答对:

打一声鼓,代天地行威。

先生连声称好,对这下联十分赞赏。

福州东郊的鼓山,苍松滴翠,岩秀谷幽,又有古刹涌泉寺,是当地著名的风景区。它屹立于闽江口北岸,登上山巅,松涛声声,远看江水浩渺,水天一色,甚为壮观。

有一次,私塾先生带领学生上鼓山游玩。登上山后,先生被这里的山光海色所陶醉,一时情兴大发,提出以"海"、"山"两字作为开头,要学生作一七言联句。才思敏捷的林则徐,略加思考,就作了一副:

海到无边天作岸;

山登绝顶我为峰。

这副气魄宏大、意境深远的对联,先生十分欣赏。小神童林则徐的名声,从此更广为传开了。

肖光际戏弄蔡糊涂

清朝咸丰年间,广济有一任知县姓蔡,人称"蔡糊涂"。此人理政断案糊涂,敛财却不糊涂。有一年,他过五十大寿,便指使衙门走狗四处游说,要求各乡各村民众,有钱送钱,有物送物,闹得穷苦百姓叫苦连天,怨声载道。当时,正是三月春荒季节,连温饱都成问题,拿什么去"孝敬"县老爷呢?当地百姓愁眉苦脸,惶惶不可终日。

肖光际看在眼里,急在心里,气愤非常。他用白纸写了一副长联挂城墙上。联文是:

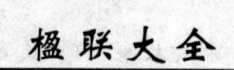

大老爷做生日金也要银也收粟子尽拿黑白一把抓不分南北
（大老爷做生日，金也要，银也收，粟子尽拿，黑白一把抓，不分南北；）
小百姓真该死麦未熟谷未出豆儿刚种青黄两不接哪有东西
（小百姓真该死，麦未熟，谷未出，豆儿刚种，青黄两不接，哪有东西！）

对联挂出片刻，就招来千人围观，一顿饭工夫，全城男女老少皆知。此事传到蔡糊涂哪里，他气急败坏，立即叫人撕下对联，送到公堂，并派公役去抓肖光际。

公堂上，蔡糊涂吹胡子瞪眼睛，喝道："肖光际，你知罪吗？"肖光际不慌不忙地答道："老朽一向安分守己，并无敲诈勒索，何罪之有？"蔡糊涂一听"敲诈勒索"四个字，犹如火上浇油，脸气得象茄子一样，那只发抖的手指着肖光际说："你、你、你，你诬蔑本县，就是蔑视朝庭，罪大恶极！"

肖光际一笑，问："证据何在？"

蔡糊涂说："说广济县几个秀才肚子里的货我清楚，他们尽是读死书的，只有你尽想些歪点子，还有，这种胆大包天的事，也只有你敢做。"

肖光际答道："县太爷，一、不要小看广济百姓。那几丈高高的城墙，要贴对联恐怕不是老朽一人所能做的；二、是依法论罪，还是考推理猜想定罪呢？"

几句话问得县太爷哑口无言。蔡糊涂又出一招说："既然你没有攻击本县之意，那么，可当堂为本县写一副对联，本县就释放你。"

肖光际道："老朽不曾犯法，谈何'释放？'"

蔡糊涂支支吾吾说："呃……对，给肖光际看座，备好纸笔。"

衙役门连忙搬上桌子，端上文房四宝。肖光际提笔一挥而就：

一二三四五六七；
孝悌忠信礼义廉。

横批：

天高三尺

肖光际搁下笔，扬长而去。蔡糊涂命衙役将对联挂在书房里，自己欣赏，甚为得意。

蔡糊涂哪里知道，这副对联深有含意。上联骂他"忘（王）八"，下联骂他"无耻"。横批是骂他盘剥百姓，地皮都刮去三尺，天当然也就高了三尺。

注：（1）肖光际是清代广济（今湖北武穴市）人，怀才不遇，在乡间教书为业，与广大劳苦大众有着广泛联系。他善讲故事，内容广泛、恢谐幽默，因文才出众，打抱不平而深受当地群众的喜爱。